もうちょっとで愛

田知花千夏

幻冬舎ルチル文庫

CONTENTS ✦目次✦

もうちょっとで愛

もうちょっとで愛……5
もうとっくに愛……169
ちいさな愛のもくろみ……231
あとがき……251

✦カバーデザイン＝久保宏夏（omochi design）
✦ブックデザイン＝まるか工房

イラスト・のあ子✦

もうちょっとで愛

1

緑の匂《にお》いだ。

電車を降りて簡素な造りの無人駅を出ると、空気をはらんだ鮮やかな土の匂いが流れてきた。まだ整備されていない四月の田の畦道《あぜみち》には、ふきのとうなどの春の色がいっぱいに広がっている。

『三郷《みさと》駅』と書かれた立て看板の横で足を止め、篠田正一《しのだしょういち》は大きく息を吸い込んだ。

棚田や小川の他にはなにもない、山をくりぬいて作ったような小さな村だ。緑に染まった穏やかな景色を目にすると、正一の胸には帰ってきたのだという深い感慨が湧《わ》いてくる。

「正一！」

短い二度のクラクションとともに、きっぱりとよく通る声が正一の耳に届いた。

年季の入った軽トラが徐々に速度をゆるめ、正一のすぐ目の前で停まる。全開にされた車窓から、煙草《たばこ》をくわえた犀川輔《さいかわたすく》が正一に向かって右手を上げた。

顔立ちは凜々《りり》しく整っているが、ぽつぽつと伸びる無精髭《ぶしょうひげ》と無造作にくくった尻尾《しっぽ》のような髪の毛がすこしだけ野暮ったく見える。そんな体裁でも輔から男の色気が失われないのは、大きく引き締まった体と、晴れ晴れとしたその雰囲気のおかげなのだろう。

「あいかわらず、どっかの山男みたいだな」

正一の軽い憎まれ口に、輔は大口を開けて笑い返した。

「ワイルドって言ってくれよ。ま、美人の正ちゃんに比べれば、誰だってね」

輔の言うように、正一の容姿は二十代半ばの男にしては造形的な品がある。身長は平均よりやや高いくらいだが、すらりとしなやかな体の線が、正一により端整な雰囲気を与えていた。

しかし持ち前の愛嬌《あいきょう》で、取っつきにくいなどと言われたことはない。老人子供問わず、意識しなくても人によく好かれる質《たち》だ。散歩中に道を尋ねられることはしょっちゅうだし、見知らぬ恋人や家族の写真を、旅先で何度撮らされたかもわからない。

「勝手に言ってろ」

ふだんなら慎重に言葉を選ぶ正一も、輔が相手ならべつだ。

正一が笑いながら出した軽いジャブを、輔はたやすく片手で受け止めた。これはふたりの挨拶《あいさつ》のようなものだ。

ふたりが顔を合わせるのは、今年の正月以来だった。しかしこの幼なじみにはいつ会っても時間の流れを感じることがない。鷹揚《おうよう》に笑う輔の穏やかな雰囲気は、ランドセルを背負っていた子供のころから、すこしも変わっていないのだ。

片手で持てるほどの小さな革トランクを握り直していると、軽トラの荷台から、ゴールデンレトリバーのハチが勢いよく飛び降りてきた。ワフ、と嬉《うれ》しそうに吠《ほ》えながら、尻尾を激しく左右に振っている。

ふわふわと温かく大きな体で勢いよくのしかかられ、正一は尻《しり》から倒れそうになった。

「ハチ！　おまえも迎えに来てくれたのか」

「そうそう、ハチがどうしても行きたいっていうからさ」

「また適当なことばっかり言って。でも、輔ってなんか犬っぽいし、犬語が話せても不思議じゃないな」

正一はハチをふたたび荷台に乗せ、濡《ぬ》れた鼻を撫《な》でてから助手席に乗り込む。

運転席の輔はからからと笑い、まだ半分残っている煙草を灰皿に押しつけた。

「さて、行こうか」

整備されたロータリーなどあるはずもない小さな村だ。

輔は近くの空き地でハンドルを切り、元来た道へとのろのろと軽トラを走らせはじめた。行けども行けども田んぼと山に挟まれた舗道を、ゆっくりと進んでいく。田んぼの向こうには、なだらかな緑の尾根が続いていた。

半分ほど窓を開け、正一は冷たい風を頬《ほお》で受け止める。

ふと、流れる景色の中に、田んぼを進む大きな機械が入り込み、目を留めた。一面に敷き詰められたレンゲの花が、トラクターによってざくざくと鋤《す》き込まれているのだ。

「そろそろ田起こしの季節か。悪かったな輔、わざわざ迎えに来てもらって。忙しかったんじゃないのか？」

「正ちゃんのためなら、ぜーんぜん余裕だって」

冬の間眠りつづけた土に肥料を混ぜてやわらかくすることを田起こしという。

こうして田んぼの土を活性化させ、畦を整えて水を引き、さらにその土と水とを馴染《なじ》ませるのだ。こうすることで、ようやく苗を植えられる状態になる。

米農家に生まれて家の仕事を継いでいる輔は、大学進学で家を出ていたとき以外はずっとこの村に住みつづけている。春はとくに忙しい季節だ。無理をさせたのではないかと今になって気兼ねするが、輔は微塵《みじん》もそんな雰囲気を感じさせなかった。

こうした輔のさりげない優しさが、正一はとても好きだ。

「俺も、車買わないとな」

「そうだな。これからはこっちの地元で暮らすんだから」

正一の生まれ自体は東京だが、地元というと、やはりこの三郷村だった。

十歳のころ、両親の離婚を機に母とともにこの村に移り住み、大学に進むまでの八年間を過ごした。地元を離れて暮らしていた年月ともそう変わらないはずなのに、過ごした時間の濃密さはまるで違う。

　輔とは、元々友人同士だった母親繫《つな》がりで仲よくなった。一緒になって馬鹿をして、山で怪《け》我《が》をしたり怒られることもしょっちゅうだったけれど、ふたりでいるとそれだけであっという間に時間が過ぎた。

　三郷のことをなにも知らなかった正一がすぐにこちらでの生活に慣れることができたのは、きっと輔がいてくれたからだ。わざわざ言葉になんてしないけれど、いつだってそう感じている。

　大学を卒業してからは、三年ほど、他市の小学校で教員を勤めていた。そしてこの春、ようやく念願が叶《かな》い、地元の小学校への赴任が決まった。

　電車もバスも圧倒的に本数の少ないこの村では、車を持つことが生活の必須条件だ。

「それにしても、正一が三郷小の先生ねぇ」

「なんだよ、今さら。似合わないか？」

「いや、その逆。ぴったりだよ」

　正一は窓の外から車内に目線を戻し、楽しげに目を細める輔を見た。

「正一はガキのころから面倒見がよかったからな。まじめというかお人好しというか、つい厄介事を引き受けるんだよな。村の集まりなんかじゃ、いっつもおまえが下の面倒を見てただろ？　他のやつらはみんな好き勝手に遊んでるのに」

「そうだったかな」

そうだよ、と輔がちらりとこちらに視線をよこす。

「小心者なのが玉に瑕《きず》だけどな。まあ、そんな正一だから好きなわけだけど」

輔の軽い口振りに、正一は呆《あき》れまじりで肩をすくめた。

「いい年して、いつまでその冗談続けるつもりだよ？」

「ひどいな。俺は本気だっていつも言ってるのに」

「おまえの言葉には真実味がないんだよ」

「そういうつれないところも変わらないなぁ」

そんなふうに言いながらも、輔はやはり飄々《ひょうひょう》としている。

いつもの輔の冗談だ。正一は小さくため息を落とした。子供のころから、輔にはよくこの手のからかいを受けていた。今さら、真剣に取り合う気もしない。

それに、ここ数年は浮いた話を聞かないが、輔には学生のころ、正一が間を取り持って交際した相手もいたのだ。正一のほうは色恋に淡泊な自覚もあり、なかなか女性と縁がないけれど、それでも付き合った女性はいる。

軽いジャブと同じ。これもふたりのお約束だ。

大きな角を曲がって、ぽつぽつと現れる民家を横目にしばらく進む。

車に揺られているうちに、民家よりも数段大きな建物の並ぶ広い通りに出た。役場や農協、病院、それに商店などが集まったこの村一番の大通りだ。そこから一本入った路地に数棟の公営住宅があり、輔はその入口に車をよせた。

このうちの一室が、正一の実家だ。

見慣れた佇《たたず》まいに、無意識に正一の表情がほっとゆるむ。

「ありがとな、助かったよ」

車を降りる間際、輔が助手席のシートに手をついて見上げてきた。

「正一、今夜、おばさんは？」

「今日は夜勤って言ってたはずだけど」

「じゃあ、夜はうちに食いに来いよ。正一がこっちに帰ってくるって知って、うちの親も会いたがってたから」

「ありがたいんだけど、今日は荷ほどきしないと。明日から早速着任だから」

「それならしょうがないか」

「また近いうちによらせてもらうよ」

約束だからなと言い残して、輔はまたのろのろと軽トラを走らせはじめた。

荷台で吠えつづけるハチの姿が見えなくなるまで見送って、正一は団地の最上階にある自宅に上がった。

母の千佐子《ちさこ》はこの村で生まれ育ったそうだが、若くに父母を亡くしているため、昔住んでいた家はとっくに残っていなかった。正一は祖父母に会ったことも、母が暮らしたという家も見たことがない。

そのため、母は正一が戻る今日までこの団地にひとりで暮らしていた。湿っぽいことが苦手なさばけた性格の人だ。案外ひとりのほうが気楽でいいと、今もそう考えているかもしれない。

リビングに積み上げられたダンボールの山を横目に、正一は奥にある自室に進んだ。すべて正一の荷物だ。早く部屋に運び込んで整理しなくては日が暮れてしまう。

しかし自室に入る間際、視界の端に入った書籍に目を惹かれ、立ち止まった。

「……絵本?」

横長の絵本が三冊。キッチンカウンターの上に重ねて置いてある。

母の本だろうかと考え、違和感を覚えた。みずから絵本を集めるような少女趣味な人ではないと思っていたからだ。——それに児童向けの本というと、大雑把な母よりも輔のほうがよっぽど似合っている。

ふと懐かしい画が正一の脳裏《のうり》に浮かぶ。

夢中になって本を読んでいる、出会ったばかりの幼い輔だ。

小学生だった輔は、児童書を読んでは、キャラクターの絵を描いたり粘土細工を作ったりと、常に手を動かしている子供だった。とくに海外の空想的なファンタジーを好んでいたようだ。トロルやグリフィン、キメラに海賊……、他にも輔自身が想像した架空の生き物をよく絵や人形にしていた。

輔の魔法のような小さな手は、眺《なが》めているだけでも楽しかった。なんの表情も持たない素材が、輔の手によって命を手に入れるのだ。

しかしそんな輔も、成長するにつれて、空想の世界から気持ちが離れていったようだ。中学も三年になるころには、スケッチブックを開くことさえなくなっていた。

懐かしさに目を細め、正一は絵本から視線を外す。

自室の机に手荷物を置いてから、積み上げられた荷物を部屋に運び入れはじめた。自分でも呆れるほどの量で、のっけからうんざりする。しかし最初に開けた段ボールには授業で用いる資料が入っていて、にわかに緊張した。

明日から、母校での勤務が始まるのだ。

しみじみとそう考える正一の頭からは、先ほどの絵本のことなど、すっかり消えてなくなっていた。


「しょうちゃん先生、さよならっ」

「——いっ！」

通りすがりに生徒にリコーダーで尻を叩《たた》かれ、正一はつい素《す》っ頓狂《とんきょう》な声を上げてしまった。

川上佳弘《かわかみよしひろ》はそんな正一の姿を見てゲラゲラと笑う。手にしたリコーダーを振りまわしながら、保健室前の廊下をあっという間に駆けぬけていった。

「こら、川上！　待ちなさい」

佳弘は正一が担任する五年一組の生徒のひとりだ。

同じく一組の吉田《よしだ》と梅野《うめの》が、涙目の正一の横を走り去っていく。ふたりは困惑した様子でこちらをちらりと振り返るが、すぐに急ぎ足で佳弘の後を追いかけていった。

叩いちゃまずいよというふたりの声と佳弘の馬鹿笑いが、廊下の奥から聞こえてくる。

「廊下は歩きなさい！」

正一は重ねて声を上げるが、すでに三人の姿はなくなっていた。

三郷小に赴任して、ようやく半月だ。学校内は職員も生徒たちも雰囲気がよく、すこしずつだが慣れてきた。

過疎化が進むこの村の小学校では、クラスは学年にひとつしかない。そのひとつのクラスに生徒が十名前後。学年が若くなるに従ってさらに人数が減っていく。

佳弘は五年生のリーダー的な存在だ。気性が激しくわがままな一面はあるが、底抜けに明るく、気の合う仲間に対しては面倒見もいいようだ。自信家で陽気な佳弘と遊ぶのは楽しいのだろう。同級生、とくに同性の子供たちによく慕われている。

そして年が若いせいなのか、正一はそんな佳弘のいたずらの標的になることが多かった。

まったく、と尻をさすりながら独りごちると、すぐ背後から女性のやわらかな笑い声が聞こえてきた。

「篠田先生、大丈夫ですか？」

教頭が、目尻の皺《しわ》を深くして正一に尋ねる。

「あ、はい。これはお見苦しいところを……」

定年を一年後に控えた教頭に、正一は反射的に背筋を伸ばした。まだ赴任して十日も経っていないこともあり、つい緊張してしまう。

そう硬くならずにと再度笑われ、頬が熱くなった。

「すっかりなめられてしまって、面目ないです」

情けないところを見られてしまった。決まり悪さを覚えて頭を下げると、教頭は佳弘たちの消えた方向を見つめて、穏やかに言った。

「やんちゃな年頃ですからね。でも、篠田先生ならきっと大丈夫ですよ。まだ始まったばかりじゃありませんか」

「はい、ありがとうございます」

温和な外見どおりの優しい口調に励まされ、目頭がじんと熱くなった。けれど次に教頭の口から飛びでた言葉に、正一は耳を疑う。

「それに、篠田先生が担任するクラスになれて、あの子たちも嬉しいんでしょう。先生は有名人ですから」

「はい？」

その言葉の意味が理解できず、正一はぽかんと教頭を見返した。

「『しょうちゃんとサイゾウ』を知らない子なんて、この村にはいませんもの」

「しょうちゃんと、……なんですか？」

「いやだわ、絵本の話に決まってるじゃありませんか。あの絵本の主人公、篠田先生がモデルなんでしょう？」

「モデルなんて、まさか」

戸惑いつつも笑顔を浮かべ、正一は訊《き》き返した。

「あの、いったいなんの話でしょうか？　絵本って」

「あら、ご存じないの？　……じゃあ勘違いなのかしら。みんなが噂《うわさ》しているものだから、私、てっきりそうなのかと」

「噂、ですか？」

「ええ、村のみんなが」

頬に手を添えて首をかしげる教頭に、正一はすっかり困惑してしまう。

――絵本、主人公？　自分がモデル？　いったいなんのことだと、教頭の言葉が頭の中をぐるぐると回っていた。

どんな絵本かは知らないが、一教員でしかない自分が、主人公のモデルになるなんておかしな話だ。妙な誤解をされているらしい。しかもそれが村中で噂になっているなんて、聞き捨てならない。

（……ちょっと待てよ、絵本？）

正一は家に置かれてあった三冊の絵本を思いだし、眉《まゆ》をひそめた。

母の趣味とは思えない、児童向けの絵本。なぜあんなものが家にあったのだろうか。母に尋ねてみようと思いつつ、ここ数日はあれこれと忙しくてすっかり忘れていた。

あの絵本と今の話と、なにか関係があるのだろうか。

そんな正一の内心には気づかず、教頭はさらに言葉を続けた。

「まあ、どちらにしても誇らしいことですわね。こんな田舎の村に、芸術家の先生がいらっしゃるのは間違いないんですもの」

「芸術家の先生？」

ますます目をまるくする正一に対し、教頭はふふ、と頬を赤らめる。

「犀川先生ってとっても素敵ですよね。実は私、年甲斐《としがい》もなく先生のファンなのよ」

ご本人には内緒にしてねと笑う教頭の表情は、驚くほどあどけなく見えた。

買ったばかりの新車を、犀川家の門前に斜めに停める。

助手席に置いていた絵本を引っつかみ、正一は勢いよく車から降りた。庭の砂利を踏みしめて、大急ぎで庭の外れにある小屋に向かう。ずっと昔は納屋《なや》として使われていたが、数年前に輔が改装して自室にしている小屋だ。しばらくこちらを訪れてはいないが、部屋を変えてはいないはずだ。

トタン製の薄い扉《とびら》を叩くと、ベコベコと大げさな音がした。

「輔、俺だ！　今すぐ開けろ！」

なおも扉を叩きつづけていると、輔がひょい、と小屋の窓から顔を出した。あいかわらず口元に煙草をくわえている。

「よお、いらっしゃい」

とぼけた笑みを浮べる輔に、正一はキッと目尻をつり上げた。

「いらっしゃいじゃないだろ。いったいおまえはなにを考えて——」

「開いてるから入りなよ」

怒りで真っ赤になっている正一に、輔はのんびりと言って顔を引っ込めた。正一が腹を立ている原因に心当たりはあるだろうに、あくまでも平然と煙草をふかしている。その余裕はなんなんだと、正一は手荒く扉を開けて中に入った。

小屋の中には、所狭《せ》しと粘土でできた人形が並んでいた。

ひとつひとつは手のひらにすっぽり収まるほどの大きさだが、その量がすごい。様々な表情や格好の人形が、あちこちに数えきれないほど並んでいた。

どれもまるみがあって、かわいらしいものばかりだ。まだ捏《こ》ねただけの真っ白なものから、すでに淡い色味で着色されたもの、さらにはなにかのパーツと思《おぼ》しきものまで、無数の粘土細工で小屋中が溢《あふ》れ返っている。

よく見ると、その多くが、少年と犬の人形だった。

他にも、やはり粘土でできた家や車などの小物がいくつもある。目線だけで振り返ると、入口付近にも、色のくすんだ古めかしい粘土細工が置いてあることに気づいた。トロルやグリフィンやキメラ……。輔が子供のころに作ったものだとひと目でわかった。制作中らしいパステルカラーの人形とはずいぶん趣が違うが、それでも間違いない。輔らしさとでもいうのか、どちらにも通じる愛嬌がある。

「……すごいな。これ、全部おまえが作ったんだろ」

「まあね」

先ほどまでの怒りも忘れ、正一は素直に感動してしまう。

粘土や絵の具、それにへらなどの道具をしまっている木製の棚の上に、小さな三毛猫が、身じろぎひとつせずに眠っていた。置物かと思った。正一の知らない猫だ。まだ子猫なので、おそらく最近飼いはじめたのだろう。

まるでこの部屋全体がおもちゃ箱のようだった。外観は飾り気のないトタン小屋だが、中はいっぱしのアトリエだ。

しかし得意気に笑う輔の顔を見て、正一はハッと我に返る。

「そんなことを言いに来たわけじゃなくって……、これ、どういうことだよ？」

小脇《こわき》に抱えた絵本を輔に差しだし、正一はできるだけ険しい声を出した。

「お、正一も見てくれたのか。嬉しいなぁ」

まったく悪びれた様子のない輔に、正一は言葉を失う。そうじゃないだろうと続けたいが、どう言えば輔に自分の気持ちが伝わるのかがわからなかった。

正一が輔に渡した本は『しょうちゃんとサイゾウ』という絵本だ。

シリーズ物の絵本で、お人好しでそそっかしい少年の『しょうちゃん』と、その相棒犬でしっかり者の『サイゾウ』が、不思議な世界を旅するというものだった。

キャラクターから背景に至るまでのすべてが粘土で作られていて、優しい色味で彩られた愛らしい世界が、子供のみならず大人の女性にも人気があるということだ。

——そしてその粘土細工の制作者が、目の前にいる犀川輔なのである。

この村から芸術家の先生が出たと、今の輔は三郷村ではちょっとした有名人だという。教頭が瞳を輝かせながら熱心にそう語っていた。輔は子供のころも夢中になって粘土を弄《いじ》っていたが、質も量も、今はそれ以上だ。

そこまでならば、べつになにも問題はない。

さすがに輔の作品が書籍になっているということには驚いたが、輔はもともと手先が器用だったし、創りだすものはひいき目を抜きにしても素晴らしいものばかりだった。なるべくしてそうなったのだろうと、すんなり受け止めている自分もいる。

問題は、その絵本の主人公が、正一をモデルにした少年ということなのだ。

自分を主人公にした絵本を無断で三冊も出版され、それを村中の人間が知っているということは、正一にとって笑って受け流せることではなかった。しかし飄々とした輔に対してこちらがどれだけ怒りをぶつけても、のらりくらりとかわされるばかりで、余計に腹が立ってくる。

どうしたものかと頭を抱え、ひとまず落ち着こうと深く息を吐いた。

「輔、どうして俺が怒ってるかはわかるか」

「なに、正ちゃん、怒ってんの？」

あくまでもとぼけた態度で押しきるつもりらしい。

正一はそんな輔を無言でにらみつける。輔はすこしだけ笑って吸いかけの煙草を灰皿に押しつけると、両手を上げて降参のポーズを作った。

「嘘《うそ》だよ、ごめん。勝手にモデルにして悪かったと思ってるよ」

一応、正一の言わんとすることは理解しているようだ。

輔はそのまま自分の顔の前で手のひらを合わせて「このとーり」と頭を下げた。けれどその表情はどこかにやついていて、心から反省しているとはとても信じられない。

そんな輔の態度に、正一はがっかりと頭を抱えた。

「大体、なんで俺が主人公なんだよ」

「え?」

「意味がわからない」

「そんなの、正一のことが好きだからに決まってるだろ」

「……こんなときまで、そんな冗談言うなよ」

冗談? と輔が顔を上げる。

「冗談じゃないって、いつも言ってるはずだけど」

この期に及んでごまかそうとする輔に、さすがに腹が立った。ああ、そうかよと、思わず刺々《とげとげ》しい口調になってしまう。

「本当に本気だって言うなら、俺に言ってもどうしようもないだろ。とっとと彼女でも作って、その子に言ってやれよ」

そう告げた瞬間、沈黙が広がった。

突然、輔に強い力で手首をつかまれ、正一は眉をよせる。ぎりりときつく握り締められ、ギクリとして輔の顔を見上げた。

「な、なんだよ」

「正一って、本当に変わらないよな」

「……は？」

「本当は、正一だってわかってるくせに」

そのまま扉に背中を押しつけられ、正一はあっさりと輔の腕の中に捉えられてしまった。顔は笑っているのに、その目の奥が昏《くら》く燃えている。輔らしくない剣呑《けんのん》な表情に、びくりと肩が震えた。

勝手に絵本のモデルにされて、怒っているのはこちらのほうだ。それなのにどうして輔に責められなくてはいけないのだろうか。そう思うのに、緊迫した空気にのまれて、輔を見返すことしかできなかった。

見下ろす視線に射貫《いぬ》かれて、目を逸《そ》らせない。焦りが募るばかりで、思考が空中でばらばらに散ってしまって言葉にならなかった。

「決めた」

「……決めたって、なにを」

「これからは本気でいかせてもらう。——このまま平行線辿《たど》って、気づけばじいさんになってたなんて、ごめんだしな」

せっかく村に帰って来てくれたんだしと、輔が目を細める。

ふいに輔の顔が近づき、気づくと唇《くちびる》を奪われていた。

驚いてなんとか輔を押しのけようとするが、強い力で両手の自由を奪われていて、うまく抵抗することができない。

やめろ、と口を開いた瞬間を狙われて、輔の舌が口内に滑り込んできた。力任せの強引な愛撫《あいぶ》で容赦《ようしゃ》なく口の中を蹂躙《じゅうりん》される。すくんだ舌にも無理やり舌を絡められ、熱い粘膜を擦《こす》りつけられた。

苦い、煙草の味がする。

「……っん、う」

さらにきつく舌を吸われ、正一の頭がぼんやりと霞《かす》んでいった。

——こんなキスは知らない。

正一は曖昧《あいまい》な意識の中でそんなことを思った。今まで正一が経験してきたキスとは、まったく異なるものだった。意識も快感もすべてを支配されてしまうような、こんな激しいキスは初めてだ。

顔の角度を変えて、さらに深く口腔《こうこう》を抉《えぐ》られた。無意識のうちに、正一も輔の行為に合わせて顔を上げていた。

有無を言わせずに没頭させられてしまうほど、輔のキスは圧倒的で深い。

いつの間にかキスはゆるやかなものになっていたが、痺《しび》れきった頭では気づけなかった。優しく舌先をつつかれると、体中に電気が走る。輔の無精髭がざらざらと顎《あご》に当たるが、それさえも刺激になって興奮につながった。

離れ際に上唇をぺろりと舐《な》められて、どきりとしてしまう。

高鳴る鼓動を感じながら、正一は輔の双眸《そうぼう》をぼんやりと瞳に映した。すぐ目の前に輔の顔があり、一気に我に返る。

キスをしてしまった。

輔と、キスを！

信じられない出来事に、今になって心臓が壊れそうに高鳴りはじめる。輔は額をこつんと当てて、正一の瞳をじっと覗《のぞ》き込んできた。

「もう、逃がすつもりなんてないからな」

そう言って笑う輔の笑顔が獰猛《どうもう》で、弱々しくうなずくことしかできなかった。

『あぶないっ』

しょうちゃんとサイゾウののった、そらとぶくるまのまえに、とつぜん、きょだいなくもがあらわれました。

もくもくもく。

まっしろくて、おおきなくもです。

うんてんしゅのしょうちゃんは、ひっしにブレーキをふんで、がんばります。

ですが、スピードがはやくて、そらとぶくるまはとまれません。

『もうだめだっ！』

しょうちゃんは、おそろしさのあまり、めをとじてしまいます。

『だいじょうぶだよ。めをあけて』

となりにすわっているサイゾウが、しょうちゃんに、いいました。

けれどしょうちゃんは、めをとじて、ふるえています。

『まわりをみてごらんよ。とってもきれいなけしきだよ』

サイゾウのこえは、とってもたのしそうです。

しょうちゃんもすこしだけ、めをあけました。

すると、どうでしょう。

めのまえは、すっかりしろいっしょくの、うつくしいせかいです。

『ここは、くものなかなのさ』

くもはやわらかいので、ぶつからずに、なかにはいってしまったのです。

そらとぶくるまは、あっというまに、くものうえまでつきぬけました。

サイゾウは、そらとぶくるまから、くものうえにとびおります。

けれどしょうちゃんは、こわがって、あしをふみだすことができません。

『しょうちゃんは、こわがりだなあ』

サイゾウは4ほんのあしで、くものうえを、じゆうにはしりまわっています。

そのはなで、くんくんにおって、いろいろなばしょを、ぼうけんします。

『そんなにこわいのなら、ぼくのうえにのるかい？』

サイゾウはしょうちゃんをせなかにのせて、あちこちつれていってあげました。

まるいおはな。

しかくいおはな。

ほしがたのおはな。

くもにさいた、かわいいおはなをつんであそんでいると、ふたりはいつのまにか、くものはしっこにきていました。

そらからみるしょうちゃんのまちは、ちっちゃいけれど、いろとりどりできれいです。

『ありがとう、サイゾウ。きみのおかげで、きれいなけしきをみることができたよ』

しょうちゃんは、とってもうれしそうです。

しょうちゃんによろこんでもらえて、サイゾウもとってもうれしくなりました。

『しょうちゃんは、ぼくがいないと、だめだなあ』

サイゾウがそういって、しっぽをふると、しょうちゃんもにっこりとわらいました。

『そうなんだ。いつもゆうかんなきみが、ぼくにはひつようさ。これからもいっしょに、たびをしようね、サイゾウ』


——そこまで読んで、正一は絵本をばたんと閉じた。

閉じた本の上に置かれた手が、気恥ずかしさのあまり震えていることに気づく。輔はいったいどんな目で自分を見ているのかと、ひどくいたたまれない気分になった。

しかもこの『サイゾウ』という犬のキャラクターは、おそらく輔自身をモデルにしているのだろう。犀川の『サイ』で『サイゾウ』というところだろうか。

その『サイゾウ』をしっかり者のキャラクターとして作り上げる辺りが、輔らしいといえばそんな気もするけれど。

正一は絵本を書棚に戻し、自室から窓の外に目を向けた。暦の上ではもうすっかり春だが、四月の夜はまだ寒い。肩にかけたカーディガンに袖《そで》を通してベランダに出ると、空気は硬く、冷たかった。人工の明かりなどほとんどないこの村の空は、夜になると満点の星空が広がる。

ふいに、夕方の輔とのキスを思いだし、正一は叫びだしたい衝動に駆られた。いてもたってもいられず、ベランダの手摺《てす》りに顔を突っ伏す。

一瞬でも気を抜くと、輔に与えられたキスの感触がまざまざと脳裏に蘇ってきそうだった。胸が破裂しそうに高鳴る。

握られた強い手の力や、舌での愛撫、それにざらざらとくすぐったかった髭の感触。そのすべてがリアルに思いだされて、正一をたまらない気分にさせた。

正一は輔とのことをどうにか頭から追いやろうと、何度もかぶりを振る。けれど一度記憶が浮かび上がると、そう簡単には消えてくれなかった。

これからは本気でいくと言われてキスをされた。「本当は、正一だってわかってるくせに」という輔の言葉が聞こえた気がして、正一は思わず耳を塞《ふさ》ぐ。

どうして今さらと、強く目を閉じた。

たしかに、輔の言うとおりなのだ。

輔の自分への感情に、正一は気づいていた。輔の些細《ささい》な態度やこちらを見るその視線に、友達に対するものとは違う熱っぽさを感じることがあったからだ。

正一は、そんな輔の好意からあえて目を逸らしつづけてきた。恋人ができれば気の迷いもなくなるだろうと、そのために高校生のころ、同級生で輔を好きだという女子をわざわざ紹介したのだ。

ことあるごとに好きだと言われてはいたが、おどけた口調だったし、なにより輔の恋愛感情は女性に向かっているのだからと考え、友人としての関係を続けてきた。

年相応に女性との付き合いを重ねるようになっていた――はずだったのに。

これから、輔と友人ではいられなくなってしまうのだろうか。

どうして、今のままではいけないのだろう。

輔は正一にとって幼なじみであり、親友だ。頼れる存在で、一緒にいると楽しく、時間も忘れるほど気も合っている。血のつながりはなくても、他人と呼ぶにはあまりにも近くて重い存在なのだ。

輔はきっと、友情と恋愛感情の区別を誤っているのだろう。

あまりにも一緒にいすぎたせいで、輔は自分の気持ちを誤解しているのだ。それほど、特別な友人だから。そうでなければ、困る。

この小さな村の中で、同性同士で恋愛をするなんて、考えるだけでもゾッとした。横の繋がりが深く、プライバシーなどあってないようなものだ。ひとたび噂が立てば、一日と経たずに村中に周知されてしまうだろう。

この村の住人は親切で気のいい人ばかりだが、変わったことを嫌う。人間関係が濃密で、三郷村には、守るべき三郷村の日常があるのだ。

母の離婚のときもそうだった。

母に連れられて、この村に越してきたときの周囲の目を思いだす。

もう十五年も昔のことで、今とはだいぶ時代が変わっているとはいえ、この村ではシングルマザーは悪い意味で目立ってしまった。身内意識が強いぶん、一度外に出て、子供だけを連れて帰ってきた千佐子は、外の人になってしまったのかもしれない。

表面上は明るく笑っていたし、親切だった。しかし探るような目を向けて見えない線を引かれている空気に、正一はひどく戸惑った。母と仲のよかった犀川家の人々がいなければ、とても耐えられなかっただろう。

それでも千佐子は、早く周りに馴染もうと奮闘した。そうした努力もあって重い空気はすぐに払拭され、村のウチに入ることはできた。

それでも、あの視線を向けられたときの肌《はだ》がぴりつくような感触は、知ってしまった以上は忘れられない。

そもそも千佐子がこの村に戻って踏ん張っていたのは、正一のためなのだ。

自由奔放な人なので、東京に住んでいたときには三郷村での面倒な人間関係を避けている節があった。すでに祖父母が他界していることもあり、あえて戻る必要性も感じなかったのだろう。

こちらに来たばかりのころ、正一は偶然、千佐子と輔の母親との会話を耳にしてしまった。

——この先、あの子が頼れるものが自分ひとりだなんて可哀想《かわいそう》、せめて帰る場所くらいは作ってあげなくちゃ。そう、冗談めかした口調を装って、話していたのだ。

自分がいなければ、母はこの村に戻ることはなかったのではないだろうか。

あんな目で見られることはなかったのではないのだろうか。

正一は今になっても、たまに思いだすことがある。

戻ってきたからこそ今があるのだし、正一は三郷村が好きだ。明るく世話好きな人々や、景色や、穏やかに流れる時間が好きだった。だからこの村で働きたいと考え、戻ってきた。母も今ではきっとそうなのだろうと、頭ではちゃんとわかっている。

だからこそ、それを無にするようなことはできなかった。この村での生活を大切にしたかった。失いたくなかった。

万が一にも輔と自分との間に妙な噂が立って、この村の人たちにふたたび昔のような奇異の目で見られたらと思うと、子供のころの無力な自分に戻ったような、恐怖に近い心細さを覚える。

輔だって、噂になったら大変なことになると、よくわかっているはずなのに。

「……いったい、どうしろって言うんだ」

正一は手摺りに額を擦りつけ、小さくそう呟《つぶや》く。

絵本のように単純で純粋な世界なら、もっとずっと簡単な話だったのかもしれないけれど。


翌日、学校から帰宅すると、リビングで夕食を取っている輔の姿が目に飛び込んできた。

「よう、おかえり」

いつもの調子でのんびりと笑い、輔が正一に手を上げる。その向かいでは、千佐子がどんぶりにご飯をよそっていた。

「おかえりなさい。今日は早かったわね」

時計はすでに八時を指しているが、正一の普段の帰宅時間に比べればまともな時間かもしれない。

輔はおかずの天ぷらに大口でかぶりついていた。千佐子から大盛りのご飯を受け取り、「ふいあへん」と口を動かす。ほとんど噛《か》まずに飲み込んだかと思うと、今度は豪快にご飯をかっ込み始めた。

あっという間に空になった茶碗を見て、千佐子がほくほくと笑った。

「たっちゃんの食べっぷりはいつ見ても気持ちいいわねぇ。正一なんていっつもちょぼちょぼとしか食べないもんだから、作り甲斐がないのよ」

またしても二、三度の咀嚼《そしゃく》で飲み込み、輔はのほほんとお茶をすすった。

「おばさんの料理がうまいから、つい箸《はし》が進んじゃって」

「やぁだ、たっちゃんが持ってきた山菜が新鮮なだけよ」

会話に花を咲かせるふたりになにを言うべきか迷い、固まってしまう。無難に「ただいま」とだけ口にして、荷物を置いてくるからと逃げるように部屋に向かった。

そうして扉を閉め、思いきりため息をつく。

輔が家に来ること自体はめずらしいことではない。しかし告白を受けて輔にキスをされたのがつい一日前の話だ。まさか昨日の今日であんなに平然と、しかも自分の家で食事をしているとは思わなかった。もしもあの出来事が母に知られたらと思うと、無意識に正一の指先がひやりとする。

これから、どんな顔をして輔に接すればいいのだろうか。悩みながらネクタイをゆるめていると、扉をノックする音が聞こえてきた。

「正一、入るよ」

そう言うのと同時に、輔が正一の部屋に入ってきた。

「……勝手に入るなよ」

ごめん、と笑う輔は、あいかわらずのんきなものだ。

ふと、輔の視線が自分の首の辺りにあることに気づき、つられて正一もそこに目を落とす。

はだけたシャツとネクタイの隙間《すきま》から、白い肌が覗いていた。

「ゆるめたネクタイって、なかなかいいな」と、輔がにやりと口の端を上げる。正一は急いでシャツをかき合わせ、上目遣いで輔をにらんだ。

「そんなに警戒しなさんな」

カラカラと笑う輔の態度はいつもと同じで、正一の緊張がほぐれていく。緊張していた自分が馬鹿みたいだ。その好意に応えることはできないけれど、それでも輔は気の置けない友人なのだ。

「わざわざ飾ってくれてるのか」

書棚に立てかけられた絵本を見ながら、輔がそう言った。

正一が答える間もなく、輔は絵本を手に取ってパラパラとページをめくりはじめる。その嬉しそうな様子に、先日読んだものをそのままにしているだけだとは、なんとなく言いだせなかった。

そんなことより、と正一がごまかすように口を開く。

「いつからまた作るようになったんだ?」

「いつからって?」

「粘土細工だよ。今はクレイアートって言うのか? しかも絵本にまでなるなんて。子供のころはべつとして、もうずっと作ってなかったのに」

絵本から顔を上げて、輔が答えた。

「大学を出る、すこし前くらいかな。しばらくはひとりで好きに作ってたんだけど、友だちの知り合いだっていう編集者に声をかけられて、いつの間にか」

「……いつの間にか、絵本になったのか」

なんでもないことのように話す輔に驚くが、輔らしい気はする。

正一は輔の手の中の絵本に目線を向けた。

「でも、絵本っていうのはおまえに向いてるっていうか、わかる気がするよ。輔は昔、本ばっかり読んでたし、粘土を弄るのも好きだったもんな」

「それが今も続いてるもんだからさ、いい年した男が粘土遊びなんてやめろって、親父には渋い顔されてるんだけどね」

「輔の親父さん、頑固だから」

輔の父親は、のんびりした輔とは似ても似つかない堅物親父だ。正一も昔は何度も怒られた。そのため、輔の父親の前では未《いま》だに緊張してしまう。

「でも、やめるつもりはないんだろ？」

「まあね。一応、来年には次の絵本の予定もあるし」

「へぇ、四冊目なんてすごいじゃないか。……ていうか、次もあるなら、もうすこし男らしい性格にしてくれよな。あれじゃ、いくらなんでも情けなさすぎる」

納得してはいないが、一応モデルとしてこれくらい主張する権利はあるはずだ。しかし作者のほうにも言い分はあるらしい。

「え？　そう？　かわいいのに」

「却下。運転中に怖くて目が開けられないとか、いくら絵本でも怖がりすぎ」

「あれは、正一をそのまま表現しただけなんだけど」

「……は？」

「だって、正一は臆病《おくびょう》だからな。そのうえ、卑怯《ひきょう》で」

突然硬い口調でそう言われ、ぎくりとする。

「まあ、それを補ってあまりある色気があるから、いいんじゃないの？」

まじめな雰囲気から一転し、輔がにやりと笑う。正一の襟《えり》元に、その大きな手を無遠慮に伸ばしてきた。

「わっ」

シャツの隙間からするりと滑り込んでくる輔の指を、正一は力いっぱい手のひらではたき落とす。耳まで赤くして焦る正一を見て、輔は声を上げて笑っていた。

おちょくるような輔の態度に、先ほどの動揺が一瞬で退いていく。その代わりに胃の辺りがムカムカしてきた。

「ていうか、おまえ！　自分ばっかりしっかり者に作るなんて図々《ずうずう》しいんだよ！」

「お、『サイゾウ』のモデルが俺だって気づいてくれたんだ?」

輔が嬉しそうに破顔した。

「それに気がついたのって、親以外ではおまえが初めてかも」

「付き合いだけは長いからな」

そうだよなぁ、と輔は絵本の中のひとりと一匹に笑いかける。

「でも、俺が犬で、正一の後ろを追いかけてるなんて、なかなかうまいと思わないか?」

それになにを答えろと言うのだろう。正一は言葉に詰まって輔から視線を外す。

「……着替えるから、用事がないならあっちに戻っとけよ」

正一の言葉に、輔が絵本を閉じて元の位置に戻した。

「ちゃんと用事があって来たんだよ」

「用事?」

「姉貴が今度こっちに帰ってくることになってさ」

「優《ゆう》ちゃんが?」

優とは、三つ年の離れた輔の姉だ。二十歳《はたち》前に結婚して男の子を産み、今は家族で東京に住んでいるはずだ。

「旦那《だんな》さん、仕事は? 今流行《はや》りの脱サラ農家ってやつ?」

「いや、離婚するみたい」

「——ごめん」

正一が謝ることじゃないだろ、と輔は苦笑する。

「姉貴と一緒に蓮《れん》も帰ってくるから、多分おまえの小学校に通うことになると思って」

「蓮って、……ああ、優ちゃんの子供か」

優の子供ならば、盆や正月に何度か顔を見たことがある。はっきりとは思いだせないが、ずいぶん物静かな少年だった気がする。

年が近いこともあって、優とは何度か一緒に遊んだことがある。その優が結婚し、子供を産み、さらには離婚して帰ってくるのかと思うと、胸に針穴ほどの小さな穴が空いたような、妙な感傷を覚えた。静かに、けれど確実に時間は流れていくのだ。

離婚でこちらに戻ってくるという優。

そして、母親である優と一緒に三郷村での生活を始める蓮。

かつての自分と同じ環境にいる蓮に、つい同情に似た感情を抱きそうになる。正一は意識して頭の中から追いやった。いくら状況が似ているからといって、教員である自分が特定の子供に肩入れするわけにはいかない。

「まだ、はっきりした日にちは決まってないみたいだけどな。そんときはよろしく頼むな」

「了解」

もういいだろ、と輔を部屋から押しだし、ばたんと扉を閉めた。

ひとりになった部屋の中でひと息つき、たった今追いだしたはずの男のこと考えた。

自分と輔の関係がこのままであることを願いながら、しかしそれが輔の努力の上に成り立っていることも心の底ではよくわかっている。

正一は軽くかぶりを振り、頭を空っぽにした。

今はそんなことを考えてもしかたがないと、なぜだか自分自身に言い訳をしていた。

2

「犀川蓮です。東京から来ました」

よろしくお願いします、と淀《よど》みのない標準語で言いきり、蓮はかすかに頭を下げた。

蓮の転入が決まったのは、プール開きを間近に控えた六月下旬のことだった。

輔に蓮を頼むと言われたあの日から慌ただしく時間が流れていた。まだ梅雨《つゆ》も明けていないはずなのに、この暑さはすでに夏だ。教室の壁に設置された扇風機がうだるような空気を必死にかき混ぜているが、部屋にむせ返る熱気には対抗できない。

正一は額に滲《にじ》む汗をハンドタオルで拭い、一番後ろに用意した席を蓮に伝えた。一方の蓮は涼しげな表情で、まっすぐ席に向かって歩きだす。

字面《じづら》ではあまり方言色のないこの村だが、口に出すと若干、言葉の後ろにイントネーションがかかるような響きになる。そのため、東京という単語と蓮の標準語とに、教室内にざわめきが起った。

この村しか知らない子供たちにとって、東京という土地は明らかに別世界だ。無数に並ぶビルの群れなど、テレビの中の世界でしかないと思っている子供も多い。そこから来た人間は、紛れもなく異邦人だった。

それにくわえて、蓮には子供ながらに醒《さ》めた雰囲気がある。顔立ちも整っているし、衣服も優のセンスなのか非常に垢抜《あか》けていた。

正一が担任する五年一組は、年相応に無邪気な子供が多いクラスだ。そんな中で蓮のような大人びた子供は初めてだった。蓮を見つめる女子たちの目が、うっとりと輝いているのがよくわかる。

皆、転校生の存在が気になるようで、ちらちらと蓮のほうを振り返ったり、中にはその姿をじっと目で追いかけている子供もいた。席に着いた蓮に向かい、周囲の子供たちはあれこれと質問を投げかけている。教室内はおおむね歓迎の雰囲気だ。

けれどふいに、教室の端からフン、というせせら笑いが聞こえてきた。

声のほうに正一が目を向けると、そこには佳弘がいた。

下敷きで風を起こしながら、窓の外に目を向けている。蓮が佳弘に目を向けても、そのまま振り向きもしない。

「変な喋《しゃべ》り方」

佳弘はぶっきらぼうに吐き捨てた。

「トウキョウの人間って、みんなそんなにかっこつけて話すのかよ？」

ぜってー変だよな？　と、佳弘は後ろの席の梅野を振り返った。いつも佳弘にくっついて回っている梅野は、曖昧に眉をよせ、小さくうなずいている。

「なに言ってんのよ、川上。あんたのほうこそ、たまにかっこつけて喋ってるじゃん」

クラス委員の崎本久美《さきもとくみ》が、呆れたように言い放った。そうそう、と周りの女子も同調して佳弘をにらみつける。

「うっせー、ブス！　おまえには聞いてねえよ」

「ブサイクにブスって言われても、平気だもん」

「なんだよ！」

「なによっ」

佳弘と久美はいつもこの調子だ。ふたりの言い合いはもはやこのクラスの名物のようなもので、他の生徒たちも、また始まったと、一様に肩をすくめていた。

佳弘が顔を真っ赤にして立ち上がるのと同時に、正一はパンパンと手を叩く。あえて立てた大きな音に、クラス中の生徒が一斉に正一に注目した。

「はいはい。みんな落ち着いて」

正一は深く息を吐き、クラス中を見渡す。

「犀川君の話し方、本当に変だと思うか？」

できるだけ落ち着いた口調で尋ねると、佳弘は苦々しい表情で思いきり顔を背けた。

「世界には色々な国や町があって、それぞれがそれぞれの言葉を持ってる。みんなは英語を話す人を見て、変だと感じる？」

ううん、とクラスの数人が首を振った。

「それに先生やみんなだって、この村を出て違う町に行けば、そこに住む人たちとは喋り方が違うよね？　じゃあその町に住む人から見れば、こっちが変だって話になるのかな」

一度そこで言葉を区切り、ほほえんでみせる。

「そんなのはいやだよね」

今度はうん、と数人が首肯した。

本当に素直ないい子たちばかりだ。そう思い、正一は目を細める。

「はい、じゃあ出欠を取ります」

正一はまじめな口調に切り替えて、出欠簿を開いた。

そして一番から順に子供の名前を追いながら、佳弘と蓮にちらりと目を向ける。これまでの流れの中で一度も表情を変えない蓮と、仏頂面のままで窓の外を見ている佳弘の姿が目に入った。

佳弘が蓮の言葉使いにケチをつけたことは、おそらくただの言いがかりだ。何年も変わらず同じ生徒だけで過ごしてきて、佳弘はそこのリーダーだった。自分のテリトリー内によそ者が入り込んだように感じ、その存在が気にくわなかっただけなのだろう。

佳弘は自分の感情にとても素直な子供だ。蓮と打ち解けるまでには、すこし時間がかかるかもしれない。

扇風機の生温《なまぬる》い風に髪の毛を揺らす蓮の顔が、温度をなくして冷たく見えた。


急いで来てくれと輔からメールが入り、正一は真っ青な顔で犀川家へ向かった。

ふだん輔からメールが来ることなんて滅多にない。そんな輔から、日が変わろうかという真夜中にメールが届いたのだ。理由を聞こうと携帯電話にかけても出てはもらえず、留守電に繋がるばかりだった。家のほうの電話にも誰も出ない。

まさか蓮になにかあったのだろうかと、正一の目の前が真っ暗になった。

蓮が転入してから、約一週間が経つ。その七日の間に、蓮に対するクラス内の雰囲気は、すっかり違うものになっていた。佳弘が蓮への敵対心を露《あらわ》にしたことがその原因だ。男子でみずから蓮に話しかける生徒は、だれひとりいなくなっていた。

女子には依然として人気があり、よく会話している姿も見る。けれど大抵の時間は、ひとりでぼんやりと席に座って過ごしているようだった。

それに、と考え、正一はその表情を曇《くも》らせる。

こう言いきることは問題があるのかもしれないが、正一には蓮がなにを考えているのかよくわからなかった。記憶していた以上に、蓮は極端に口数の少ない子供だった。なにを聞いても「はい」や「いいえ」といった、淡々とした答えしか返ってこないのだ。

――学校でのストレスで体や心を病んでしまったのではないだろうか。

そう考え、正一の体が一気に冷たくなっていく。熱帯夜だというのに、背中には凍るような汗が流れていた。

世間では聞くだけでも心を痛めるような事件が後を絶たない。三郷小では今のところそういった問題は上がっていないが、去年まで勤めていた学校でも、けっして他人事《ひとごと》ではなかった。

基本的に心配性な正一は、ことに子供たちに関してはそのきらいが激しい。恐ろしい想像ばかりが頭の中を駆けめぐり、いてもたってもいられなかった。

「こんばんは、正一です!」

いつものように玄関から上がり込もうとするが、家には鍵《かぎ》がかかっていて中に入れなかった。田舎《いなか》の安穏さからか、犀川家に鍵がかかることはほとんどない。

それなのに、今夜は鍵がかかっている!

正一の体からますます血の気が引いていった。

「誰かいませんか! ……うわ、ちょっと、ハチ、今はダメだってば!」

必死に扉を叩く正一の足元に、いつのまにかハチが擦《す》りよってきていた。じゃれつくハチにのしかかられ、正一は尻餅《しりもち》をついてしまう。ふと、ハチの鼻の辺りに引っかき傷があることに気づいた。

しかし今はそんなことを気にしている場合ではない。

今は遊んでやれないんだよとハチの体をどうにか押し返していると、庭のほうから「こっちー」と言う間延びした声が聞こえてきた。

作業小屋の窓から漏《も》れる明かりが、暗闇《くらやみ》の中にぽっかりと浮かんでいた。焦りすぎていたせいか、正一は小屋の存在にまったく気がつかなかった。

窓からひょっこりと伸びた腕が、ひらひらと正一を呼んでいる。

「わざわざ、ごめんなー」

そののんびりとした輔の仕草が、大事など起こっていないことを告げていた。

正一は安堵《あんど》と怒りで肩を落としつつ小屋に向かう。それまでべったりと足元にまとわりついていたハチが、小屋のすぐ手前でぴたりと歩みを止めた。中には上がらないようにしつけられているのだろうか。

悲しそうにこちらを見上げるハチの首を撫でてから、正一は小屋に足を踏み入れた。中には輔と、あいかわらず子猫が棚の上で眠っていた。

「本当に急いできたんだな、びっくりしたよ」

「おまえがあんなメールよこすから、てっきり大事かと……。犀川くんになにかあったのかと思ったんだよ」

「犀川くん？」と輔が首をかしげる。

「ああ、蓮くんのほうの犀川な」

ふうん、と不思議そうに答え、輔は正一に椅子《いす》を勧めた。

「いや、大事ってのは間違いじゃないかもな。実際、ものすごく困ってるから」

めずらしく硬い声を出す輔に、正一はごくりと息をのむ。

「それで家に誰もいないのか？　しかも鍵までかかってたし」

「鍵？　ああ、そりゃ蓮だよ。もう癖《くせ》になってるみたいでさ、あいつ、出かけるときはきっちり鍵閉めるから。今夜はみんなで本家のほうに行ってるだけ。……つーかあいつ、俺がいることすっかり忘れてやがるな」

戦前の犀川家はここら一帯の土地を所有していた大地主で、今でも本家と分家に分かれる地元の名家だ。ちなみに、輔の住む犀川家は、分家筋の筆頭に当たる。

「じゃあ、なにが大変なんだよ」

正一は思いきり顔をしかめた。輔はインスタントのコーヒーを正一に渡し、それがさ、と頬をかく。

「スランプなんだ」

困ったように腕を組む輔を、正一はきょとんと見つめる。

「なーんか、調子でなくてさ。やっぱりモデル見ながらのがいいかしらと思って、正ちゃんにメールしたわけ」

「……帰る」

正一は立ち上がってくるりと踵《きびす》を返した。しかし輔がその襟首をつかんで離さない。

「まあまあ、人助けだと思ってさぁ。頼むよ、もう本当に行き詰まってるんだって」

「明日も朝早いんだよ！　頼むから寝かせてくれ」

「そんなに寝たいなら、後で俺の腕枕で眠らせてあげるから。あ、違うか？　眠らせないの間違い？」

「……絶対、帰る」

冗談、冗談、と輔が極上の笑みを浮かべる。

「三十分でいいから。お願い！」

必死に懇願され、正一は渋々輔のほうを向いて腰を下ろした。

「本当に三十分だけだぞ」

「もちろん。いやー、やっぱり正一は優しいなぁ」

誰がそうさせたんだとため息をついていると、輔は奥の戸棚からスケッチブックを取りだした。表紙を開けてページをめくり、軽く鉛筆を握る。

「粘土じゃないのか?」

「まずはスケッチ。いきなり作るよりイメージ湧くし、頭の中で整理できるから」

輔はそう言うと、鼻歌まじりで描きはじめた。

しかしそんな鼻歌とは対照的に、こちらを見る輔の目は真剣そのものだ。スケッチブックと正一の顔とを交互に見比べながら、輔は器用に鉛筆を滑らせていく。なぜだか、どきりとしてしまう。

輔がスケッチブックに目線を落とすたび、正一はほっと肩を下げた。

伏せた輔の目から伸びる睫《まつげ》は長くきれいで、瞬くたびに揺れる音が聞こえるようだった。

まっすぐに見つめられると、内面まで透けて見られているような気分になる。胸の奥がひどく熱くなった。

ひとりでぎくしゃくする自分に戸惑い、正一はすこしだけうつむく。すぐに「下、向かないで」と輔に言われて、慌てて顔を上げた。

目と目がぶつかると、たまらないくすぐったさを感じてうぶ毛が逆立った。目線で触られているような気分になり、なにを考えてるんだと自分を叱咤《しった》する。

——輔があんなことを言うから。

正一は心の中でそう呟く。

好きだなんて言うから、キスなんてするからいけないんだ。十五年もそばにいて、どうし

て今さら輔の視線に緊張しなくてはいけないんだ。

「……馬鹿犬のくせに」

「ん？」

ぼそりと零《こぼ》した正一の悪態に、輔がなんのことかと顔を上げた。

「なんでもない。……ていうかおまえ、電話くらい出ろよ。なんのための携帯かわからないじゃないか」

「どうも、めんどくさいんだよなぁ」

輔はそう言って笑うと、またすぐに手を動かしはじめた。

するすると踊るように移動するその指を目で追いながら、正一はふいに子供のころを思いだした。

千佐子の職業が看護師ということもあり、子供のころの正一は夜勤の際に輔の家に預けられていた。仲のいい友人の部屋で過ごす夜は正一にとって特別で楽しかったけれど、収穫の後など、村の大人が集まって夜通し騒いでいる日だけは違った。

輔の父親やその友人など、酔《よ》った大人のがなり声が苦手だったのだ。

楽しんで盛り上がっているだけだとはわかっていても、怯《おび》えてしまう気持ちはどうしようもなかった。

大人の大きな声を聞くと、どうしても両親の離婚前のことを思いだす。

離婚が決まるまで、東京の家では両親の言い合いが絶えず、夜になるといつものようにリビングから大声が響いてきた。自分の部屋で寝ていても、耳を塞いでも、大声はどこまでも正一を追いかけた。壁越しに伝わってくる声が恐ろしくて、それは三郷村に引っ越してもすぐには変わらなかった。

それに、今夜ここにいる大人は、犀川の人間だけじゃない。

周りの大人の自分たち親子に対する違和感の入り交じった視線を思いだす。東京の生活に戻りたいわけじゃない。だけど今いるここが自分の居場所だとも思えない。それでも母は、自分のためにこの村に戻ることを決めたのだ。

なんでこんな村に引っ越したのなんて、言えるわけがない。

いつもは考えないようにしていることが、不安になって正一の体から溢れだした。輔の隣に敷かれた布団《ふとん》の中でまるまって、のみ込まれまいと必死に耐えた。それでも胃の辺りはずんと重くなって、込み上げてくるものがある。

そうして正一が眠れない夜は、決まって、輔が布団から出て粘土を捏ねはじめた。大人がうるさくて眠れないとうそぶきながら、正一の不安を感じ取り、気を逸らそうとしてくれたのだ。明かりをつけたら大人に起きていることが知られて怒られるので、窓を開けて月明かりの下で捏ねていた。

――こいつがいれば、東京なんてひとっ飛びなのにね。

そんな夜、輔がそう言って、正一のために捏ねてくれた人形がある。手のひらに収まるほどの、真っ白な鱗《うろこ》にたてがみを持った、紅い目の竜だ。翼《つばさ》はない。大好きな本に出てくる、『幸いの竜』なのだと教えてくれた。

輔はどうやら、正一が東京に戻りたくて心細くなっていると勘違いしているようだった。元気づけようとしてくれたのだろう。

今さら戻ったところでどうしようもないことは、子供ながらにわかっていた。戻りたいわけではないのだとは、なぜだか伝えられなくて、竜の人形を作る輔を黙って見ていた。小さな手が、白い粘土をちぎっては、捏ねていく。やわらかな月明かりの下で、きらきらと輝いている。

輔がいるなら、ここにいてもいい。

こちらでの生活も、好きになれるかもしれない。

自分のために粘土を捏ねてくれる輔の気持ちが嬉しくて、まだ周りの目が冷たい中、正一は初めてそう感じた。この村に来て、初めてのことだった。正一が今、こうして三郷村で暮らしているのは、輔がいるからだ。

あのころの予感は当たった。正一はこの村での生活に溶け込み、好きになれた。

あのとき、輔がそばにいてくれたからだ。

輔にもらった幸いの竜の人形は、いったいどこに行ってしまったのだろう。もうずっと昔のものだから。たまに思いだして探すけれど、どこにも見つからなかった。

ふいに、クウン、と小屋の外からハチの鳴き声が聞こえてきた。その鳴き声で、正一はふいに我に返る。いったい自分はなにを考えていたのかと、正一は軽くかぶりを振った。

今、考えていたことがとても危険なことに思えて、――ふたりの現状を変えてしまうような気がして、爪先《つまさき》までひやりとした。

正一はあえて気丈に、「そういえば」と明るい声を出す。

「ハチ、怪我してなかった？　鼻のとこ」

輔は一瞬きょとんとし、それから「ああ」と苦笑した。その視線がスケッチブックに落ちていることに、ひどくほっとした。

「チビにやられたんだよ。こいつら仲悪くて」

「チビ？　……もしかして、そこのチビ猫？」

正一は棚の上で欠伸《あくび》をしている子猫に目を向けて、そう尋ねた。そうそう、と輔が困ったように笑った。

「これぱっかりは相性なんだろうな。ハチのほうはそうでもないんだけど、チビがなぁ。ハチの姿を見たら無条件で飛びかかるから」

ハチはあの大きな体で、小さな子猫にやられっぱなしなのだろうか。先ほど小屋の入口で立ち止まった、ハチの切なそうな瞳を思いだした。そしてその姿と、蓮と佳弘の姿が一瞬重なる。

相性と言ってしまえばそれまでだけどと、正一は思いを巡らせた。

「……なあ、輔」

「ん？」

「蓮くんって、家ではどんな子なんだ？」

「蓮？」

輔がふいに顔を上げた。

「いや、すこし人見知りする子なのかなと思って」

人見知りねえ、と輔は宙を見上げる。

「あいつの場合は、ただ愛想《あいそ》がないだけだろ」

「でもさ、優ちゃんもおまえも、けっこう喋るほうだろ？　血が繋がってるのにと、思うとちょっと不思議で」

思わず正一の声に力が入る。輔はそんな正一を見てすこし笑った。

「俺はただの叔父《おじ》だし。まあ、姉貴は母親だけど」

輔は顎に散らばった無精髭を指でなぞる。

「赤ん坊のときからぼーっとした子供だったけどなぁ。お年玉やってても遊んでやっても、ずっとあんな感じでさ、しらっとしてるんだよ。あれはただの性格だな。あいつの親父もそんな感じだったから。もう、すげーそっくり」

「そっくり……」

学校での蓮の様子を思いだし、それがそのまま大人になった姿を想像した。正一はついふきだしてしまい、慌てて取り繕う。

あれが蓮の生まれ持った性格だというのならば、思ったことをなんでも態度に出してしまう佳弘とは根本的に気が合わないのかもしれない。正確には、佳弘が一方的に突っかかっているだけなのだが。

やはりしばらく気をつけて見ていたほうがよいだろう。

「ほら、こっち向いて」

輔に声をかけられるが、しばらく気づかずに考え込んでいた。


翌日、ぽつぽつと降りだした雨は、あっという間に体育館の窓を強く打ち始めた。

夏の通り雨だ。遠く見える空は、雲ひとつなく真っ青だ。体育館には雨音とバスケットボールのバウンドする音が入り乱れている。

今日の体育が運動場じゃなくてよかったと、正一は内心で呟いた。クラス全体の人数が少ないため、チームは男女混合だ。運動神経のよい久美などは、男子にも負けないほど機敏にコートの中を走りまわっている。

「よっちゃん、惜しいっ！」

ゴールを外した佳弘に、同じ赤チームの梅野と吉田が笑いかけた。佳弘は「おうっ」と声を上げ、すぐに相手の白チームに渡ったボールを追いかけはじめる。

現在、ボールは白チームの久美の手にある。久美は軽快にボールをはずませながら、ぐんぐんとゴールを目指して突き進んだ。男勝りという字面のとおり、その長い手足で軽々と相手側の攻撃をくぐりぬけていく。

「させるかよっ」

吉田に行く手を阻まれた久美は、素早くチームメイトにパスを回す。

けれど突然現れた蓮にカットされ、ボールは再度赤チームの手に渡った。まさか蓮がそこにいるとは思わなかったようで、久美は驚いた顔をしている。

ダンダンと小気味よい音を立てながら、蓮はコートの中を一直線に駆けぬけていった。すごい速度だ。教員の正一ですら一瞬見ほれてしまった。きゃあきゃあと、相手チームの女子生徒が敵ながらかしましく声を上げる。

ボールを奪おうと仕掛けてくる白チームの生徒をフェイントでかわし、蓮はそばに立っている梅野にパスを回す。

「……わ、わっ！」

あまり運動が得意ではない梅野は、どうにかパスを受けるものの、それからどうすればよいのかわからないようだった。すっかり混乱しておたおたする梅野を目指して、久美がすごい速さで駆けてくる。

「こっち」

ゴール下に移動した蓮が、動揺する梅野に向かって両手を上げる。助かった！　と梅野の顔がふにゃりと安堵で歪《ゆが》む。

しかし梅野が蓮にパスを出そうとした瞬間、佳弘の怒声がコートに響いた。

「――ウメ！」

梅野はびくりと肩を揺らし、ボールを持ったままその場で立ちすくんでしまった。

そこを久美にカットされ、ボールはあっという間に敵陣に渡ってしまう。ぐんぐん離れていくボールを、梅野は泣きだしそうな顔で見つめていた。

佳弘はちらりと蓮を一瞥《いちべつ》し、おもしろくないとでも言いたげにすぐに顔を背けた。蓮のほうは佳弘に見向きもせず、すでに試合に集中している。

誰の目にも明らかな不和に、正一はどうするべきかと眉をよせた。

仲よくしなさいと口で言って解決するような単純な問題ではない。とくに佳弘がそれをやすやすと納得するとは、到底思えなかった。正一はコート際で腕を組み、じっとふたりの動向を見守る。
いつの間にか雨は上がり、空気がキラキラと光っていた。
長期戦になるだろうかと、正一は深く息を吐いた。

3

キュウリ、トマト、トウモロコシ、枝豆。カゴいっぱいに盛られた夏野菜の隙間から、あっけらかんとした輔の笑顔が覗いている。

「お裾《すそ》分《わ》けでーす」

篠田家の玄関の前で、輔が「めしあがれ」としなを作った。正一がそのまま扉を閉めようとすると、輔はすかさずその隙間に足を差し入れてきた。

「正ちゃん、ひどい」

「いや、悪い。あんまり気色悪いもんだから、つい」

輔が腹を抱えて笑いだす。つられて、正一もふきだした。

「わざわざありがとな。まあ、上がれよ」

正一は輔から夏野菜の山を受け取って、家の中へと促した。母は今日も夜勤なので、家には正一ひとりだけだ。小学校はもうすぐ夏休みに入る。リビングに広げたノートパソコンと記入途中の成績表を片づけて自室にしまうと、輔が感心したように声を上げた。

「家でも仕事してたのか？　せっかくの土曜の夜なのに、教員ってのは大変なんだな」

勝手に冷蔵庫からビールを二本取りだし、輔はテーブルの前であぐらをかいた。

「飲める？」と訊かれ、「飲む」と答える。

「本当は持ち帰ったらいけないんだけどな。でも、そんなこと言ってたら、ずーっと家に帰れないから」

正一はキッチンに向かい、輔にもらった枝豆を茹《ゆ》でた。トウモロコシは皮を剝《む》き、枝豆とはべつの鍋《なべ》で水から火をつけた。その間にトマトとキュウリを適当に切って皿に盛る。枝豆とトウモロコシが茹で上がったところでそれぞれテーブルに並べ、正一も腰を下ろした。

「おつかれさん」

水滴の浮いた缶ビールを手に取って、先に開けている輔の缶にこつんと当てる。

一気に半分ほど呷《あお》ってひと息つくと、にこにことこちらを見ている輔と目が合った。「偉《えら》いなぁ」と、突然そんなことを言われる。

「正一はよく頑張ってるよ」

輔はうんうん、としきりにうなずいていた。

いい年をした男にいきなりなにを言うのかと、正一は呆れて答える。

「そんなこと言うなら、おまえだって頑張ってるだろうが」

農業は天候に左右されて予定が狂うこともめずらしくない、頭と体と自然、そのすべてが必要な気の抜けない仕事だ。そんな農業と並行して創作活動を続ける輔には、自由な時間はほとんどないようだった。輔の場合は、それが趣味も兼ねているようだが、けっして楽しいばかりではないだろう。

「そうそう、だから俺も偉い」

輔は満足げに言って、トマトを三切れ一気に頰ばった。もぐもぐと動く頰が、ひまわりの種を食べるハムスターに似ていて、思わず笑ってしまう。

——輔はいつまで経っても子供みたいだ。

こういう部分がすこしでもあれば、蓮もうまくやれるのだろうか。

ふとそんなことを思い、気持ちが沈んだ。

蓮は、けっして悪い子ではない。提出物を忘れたこともなく、授業態度もまじめだ。それに成績も優秀だし、一見、協調性がなさそうに見えるが、学級内での役割などはみずからきちんと取り組んでいる。

しかし、佳弘の蓮への態度が好転する兆しはない。日に日に悪くなるクラスの雰囲気を肌で感じ、どのように手を打つべきかと、学校を離れてもずっと考えていた。

「なにかあったのか？」

「え？」

「最近、考え込んでることが多いみたいだから」

「あ、ああ、……ちょっとな」

つい、悩みが顔に出ていたらしい。

いつの間にか、輔に顔を覗き込まれていた。

輔は見ていないようで、しっかり周囲を見ている。本人の雰囲気が飄々としているので初めて会う人間には誤解されることもあるが、実はよく目配りがきく、場の雰囲気を大事にする性格だ。輔と話していると自然と気が楽になった。

そのせいだろうか。他人に言うつもりではなかった言葉が、正一の口からぽろりと零れ落ちた。

「蓮くん、クラスになかなか馴染めないみたいなんだ」

「蓮が？」

「ああ。……あの子が悪いわけじゃないんだけど、どうしても気が合わない子がいるというか。一方的に、相手に苦手意識を持たれているだけなんだけどな」

さすがに敵視されているようだとは言えなくて、やわらかな表現を選ぶ。

もちろん、佳弘のことも心配だ。あの子こそ、もうすこし協調性を養う必要があるだろう。だが佳弘の場合は仲のいい友達もいるし、なにより、ああ見えて周囲に慕われていた。感情表現の幼いところはあるが、親分肌で友達は多い。それに基本的に素直なため、多少のいたずらを許してしまえる愛嬌もあった。

しかし、今の蓮には誰もいない。

子供のころの自分に輔がいたように、蓮にも誰か気の置けない友人がいてくれたらいいのだけれど。

そこまで考えてため息をつくと、輔が「そうだなあ」と頬をかいた。

「よくわからないけど、あんまり大げさに考えすぎなくていいんじゃないか?」

「大げさかな?」

「正一は先生だし、どうしても根詰めて考えちゃうんだろうけどさ。子供なんてなんかのきっかけでもあれば、あっという間に仲よくなるだろ」

楽天的な輔の意見に、正一はすっかり拍子抜けしてしまう。

「みんながおまえみたいに気楽な性格だったらいいのにな。世界中が平和になりそうだ」

それって褒め言葉? と笑う輔に、正一の頬がゆるんだ。そうだよ、と答えてやると、嬉しそうな笑顔が返ってきた。

ふと、輔が天井《てんじょう》を見上げる。

「そうかぁ、それで正一は最近ずっと悩んでたのか」

「……べつに、悩みってほどじゃないけど」

悩んでいたことは事実だが、あまり大げさな話にはしたくない。仕事で行き詰まっていることを輔に漏らした自分に、なんとなく気恥ずかしさを覚えた。

「そういえば、この前、絵のモデルになってもらったときも蓮のことを考えてたよな。なんか、ちょっと妬《や》けるな」

輔の冗談に、正一は苦笑してしまう。

「妬けるって、生徒だぞ。これでも一応は教員なんだから、生徒のことくらい考えて当然だろ?」

「そんなことはわかってるよ。でも、繊細な男心としては、たまにはこっちも見てほしいっていうかさ」

「なんだよ、それ」

「正ちゃんは、仕事とアタシ、どっちが大事?」

「仕事に決まってるだろ」

ひどい、と輔が水滴で濡れた缶ビールに頬ずりする。

次の瞬間、ふいに視界が暗くなった。輔の顔がすぐ目の前にあって、心臓が大きく跳ねる。

なぜだろう。冗談めいた笑顔を浮かべてはいるが、妙なすごみというか、迫力がある。

「……なんか、近くないか」

「今くらいは、俺のことも見てもらおうかと思って」

口調も表情ものんびりとしたいつもの輔なのに、その視線が熱っぽかった。空気が濃く、肌にまとわりつく。このまま輔のペースに乗せられては危険かもしれない。そんな危機感を覚え、正一は内心でぎくりとした。

輔にキスをされたのが、春のことだ。

あれ以来輔の態度は以前と同じで、正一はすっかり気を抜いていた。逃がすつもりはないと言われたことさえ、正直忘れかけていたくらいだ。犬にでも噛まれたような、そういうことにしていた。

だけど、輔は犬ではない。

床についた正一の手に、輔の手が重なった。熱く大きな手の感触に、頭の中でサイレンが鳴る。――まずい、まずい、まずい。早く空気を変えないと、輔とまた妙なことになってしまう。

正一はあえて明るく笑い、輔の肩を軽く押し返した。

「なんだよ、輔。さっきから冗談ばっかり、いい加減にしとけよ」

お、と輔がかすかに目を見ひらく。

「だいたい、おまえは勘違いしてるだけだって」

「勘違い？」

「そうだよ」

正一は笑って続けた。

「友情と恋愛をはき違えてるだけだ。考えなくてもわかるだろ？　俺もおまえも男なんだから。俺たちがどうにかなるなんて、ありえない」

変わらず笑顔を保ちながらも、そう口にすると喉《のど》の奥がきつく引きつった。親友の輔と駆け引きめいた応酬《おうしゅう》をしなければならない状況に、どうしても戸惑いが消えない。

本当は、こんなことを輔に言いたくはなかった。

どうして、そっとしておいてくれないのだろう。今のままでいいじゃないか。正一はたまらず輔から目を逸らした。ふたりの関係に答えなんていらない。このまま、ふたりでいられるのならばそれでいい。

いちばん近くに互いの顔があるのなら、それだけでいい。

「……ほんと、腹立つなぁ」

「え?」

一気に空気が変わり、正一は思わず顔を上げた。

輔の双眸が、いつか見たように熱く鋭い。——初めてキスをされたときと同じ、灼《や》けつくような輔の眼差《まなざ》しがそこにある。

意識する間もなく、近くにあった輔の顔がさらに近づいてきた。

正一は反射的に上体を逆に反らす。それでも輔は正一を逃がさなかった。さらに逃げようと大きく体を仰《の》け反らせ、体勢を崩して背中から床に倒れ込んでしまった。

「あっ」

倒れたところを、輔の体で覆われる。

いとも簡単に組み伏せられ、正一の鼓動が激しく跳ねた。逃げ場を失い、どうすることもできず顔を逸らす。しかし輔に顎をつかまれて上を向かされ、強引に嚙みつくようなキスをされた。

顎をつかむ手の力を強くされ、力尽くで口を開かされる。責め入るように輔の舌が正一の口内に進入し、思うままに蹂躙された。

あの日のキスよりもずっと激しい。

呼吸さえも許さないようなキスだった。

送り込まれた唾液《だえき》が、輔の舌で嬲《なぶ》られるたびに水音を立てる。優しさの欠片《かけら》もない強引さで、正一の舌に自分の舌を擦り合わせてきた。けれど絡まる粘膜の熱さと刺激に、体の奥にたしかな欲情が灯《とも》る。

輔はようやく唇を離し、そのまま正一の耳元へと移動させた。きつく耳朶《じだ》を嚙まれ、びくりと体が震える。

「…っつ」

「自分を好きな男を密室で煽《あお》るなんて、正一はちょっと浅はかだよね」

「ち、違う！　それに、そんなんじゃないだろ、俺たちは……」

「それとも、怒らせて襲ってほしかった？」

「っ…」

先ほどきつく噛まれた場所を、今度はやんわりと甘噛みされる。

耳の中に舌を差し入れられ、たまらず吐息《といき》が漏れた。耳の入口から中まで、丁寧に舌で愛撫される。快感があまりに鮮明で、薄い皮膚《ひふ》の中まで触れられているようだった。奇妙なくすぐったさが体中を駆けめぐり、正一はたまらず目を閉じた。

濡れた音が直接耳に響き、体の芯《しん》が熱くなる。刺激から逃れようと必死に顔を背けるが、輔はそれを許さなかった。

「…も、もう、やめろって」

懸命に叫ぶけれど、喉の辺りで声が滞ってうまく声にならない。

輔はそんな正一の反応を楽しむかのように、なおも耳朶を食《は》みつづけた。ぴりぴりとした刺激に肌が粟立《あわだ》つ。

「たの、むからっ」

泣きそうな声で懇願すると、輔はようやく耳から唇を離してくれた。しかしほっと息をついたのも束《つか》の間、笑いを含んだ声で言われた。

「やめるわけないだろ。正一がかわいくないから、泣かすことにした」

「な、なに、言って」

輔は呆然《ぼうぜん》とする正一の下肢《かし》に手を伸ばし、そのふくらみをスラックスの上からなぞった。

へえ、と笑い、揉《も》みしだくように手のひらを動かす。

「やめろなんて言って、正一もけっこうその気じゃないか」

「そんな、わけ……」

ないとは言いきれなかった。自分の体の反応くらい、いやというほどわかっている。触れられる場所が熱くてたまらない。濡れた芯も疼《うず》いていた。輔に与えられる行為に、この体は愚かなほど従順だ。

衣服の上から曖昧に触られているだけでも、息が徐々に上がっていく。

布越しの愛撫の焦れったさに、正一は歯噛みした。これ以上、進んではいけない。はっきり自覚しながらも、直接的な刺激が欲しくておかしくなりそうだ。その体を突き飛ばして、早く輔から離れるべきだ。——そうしなければいけないのに。

正一は、ベルトを外される音を抵抗もせずにぼんやりと聞いていた。スラックスと下着にも手をかけられるが、目をつむってやり過ごす。

頭と体が切り離されてしまったみたいだった。

だめだと思えば思うほど、体は輔の愛撫を強く求めてしまう。

これから与えられる快感への期待に、全身が甘く痺れていた。輔の体温が心地よくて、その温《ぬく》もりから離れたくないと感じてしまう。今はただ、早く輔に触れてほしくてしかたなかった。

すこしでも気を抜いたら、その背中にみずから手を回してしまうかもしれない。

衣服を下着ごと膝下《ひざした》まで下ろされ、膝を持ち上げて折りたたまれた。すっかり兆し、濡れて震える性器も、ふだんは隠れた窄《すぼ》まりも、すべてを輔の目に晒《さら》している。心臓が壊れたように激しく高鳴っていた。あまりの羞恥《しゅうち》に、とても輔の顔を見られない。

それなのに、輔に見られていると思うだけで、体がさらに強く疼く。

ふいに、輔の指先が正一の唇をなぞった。そのまま歯列を割って中に差し込まれ、口内に溢れる唾液を指で掬《すく》われた。

「……んう、ふっ」

指を動かされるたびに、正一の口から喘《あえ》ぎが零れる。じゅぷじゅぷと水音が立ち、唇の端から唾液が漏れた。舌の腹を優しく撫でられ、正一もたまらずその指を追いかける。互いに求め合うように、舌と指が絡み合っていた。

無意識に、正一はその長い指に懸命に舌を這《は》わせ、吸い上げる。

「あ……」

夢中になって舐めつづける正一に構わず、輔はあっさりと指を引きぬいた。正一は物足りなさに輔の指を視線で追いかけるが、その手が下肢に伸ばされることに気づいてどきりとした。硬く濡れている性器への刺激を期待し、さらに疼きが大きくなる。

しかし輔は正一の期待を裏切り、前ではなく後ろの窄まりに指をあてがった。戸惑いに目を見ひらく正一に、輔は悪魔のようなひと言を放つ。

「前には触ってあげないよ」

「え？」

甘ったるい声でそう囁《ささや》くのと同時に、輔は一気に正一の中に指を突き立てた。強引に奥まで抉られ、正一は小さく悲鳴を上げる。

「……いっ、つ！」

痛みとそれ以外の未知の感覚に、正一はぎゅっと目を閉じた。勝手に目尻に涙が滲む。熱い涙が大きくふくらみ、ぽろりと頬を伝い落ちた。

「いた、……痛いっ！　抜いて、くれ」

圧迫感に喘ぎながら、正一は必死に懇願する。けれど正一自身の唾液で濡らした輔の指は、たやすく体の中を滑っていった。ふだんは閉じた媚肉《びにく》を丹念に擦られる。浅く、深く、指の抽挿《ちゅうそう》を繰り返された。

あまりの苦痛に足を閉じようとするが、脱ぎかけの衣服が邪魔でうまく動かせない。なにより輔に簡単に押さえ込まれ、とても無理だった。

ある地点を輔の指が掠《かす》めた瞬間、違和感に息を詰めていた正一の体がびくりと震えた。

「……あっ、んう！」

今までとは明らかに違う感触に、正一は大きく背中を仰け反らせた。

わけもわからず、正一は呆然と目を見ひらく。輔の指がそこを通りすぎた今も、ジンジンと甘く疼いているようだった。そんな正一の反応に、輔は唇をぺろりと舐め上げる。その目に欲情の火が灯った。

ゆらゆらと燃えるような目に、正一は息をのむ。

過敏に反応した場所に、輔がふたたび指を擦りつけてきた。

「気持ちいい？　ここ」

「あ、…あっ、っ、んうっ！」

強すぎるその刺激に、視界が真っ白になる。

正一の中心が、触れられてもいないのにあっという間に完全なかたちになった。先端からとめどなく蜜《みつ》が溢れ、茂みまで濡らしていく。抑制しきれないほどの快感を、正一は激しく頭を振ってやり過ごそうとする。

信じられないほどの射精感だ。

一気に限界まで高められ、熱さを通り越して寒気さえ感じる。

しかし今にも吐精しそうになるその瞬間、輔に根元をきつく握り締められた。敏感な場所をきつく戒められ、快感が一気に退いていく。

「……っつ！」

突然の痛みに、正一は濡れた目を見ひらいて訊く。

「な、…んで?」

「言っただろ、泣かせるって」

輔に平然と言われ、正一は自分の耳を疑った。

根元を堰《せ》き止められたまま、後ろへの刺激は続く。それどころか輔はさらに抽挿の勢いを強め、弱い部分ばかりを指先で激しく嬲ってきた。行き場をなくした快感が、正一の中でとぐろを巻いていた。目前にある解放を許してもらえず、意識が遠のきそうになる。

こらえればこらえるほど、灼熱《しゃくねつ》のような快感が大きくなり、体がビクビクと跳ねた。吐精できないままの愛撫など拷問《ごうもん》にもひとしい。

責め苦のような快感から逃れることしか考えられなくなる。

「もう、無理だ…っ」

「正一」

「だ、……だって、ほんと、に」

ほんのすこしでも前に触れてもらえたら、すぐに達することができるのに。限界なんて、もうとっくに超えているのだ。

「どうしても達《い》きたい?」

輔に尋ねられ、正一はこくこくとうなずく。

熱い目尻から涙が零れた。

「じゃあ、お願いしてみて。その口で、達かせてって」

「……え？」

輔の言葉に、正一は愕然《がくぜん》としてしまう。

その意味を理解し、戸惑いと羞恥に言葉をなくした。声にして輔にねだるだなんて、できるわけがない。それを言ってしまえば、自分もこの行為を望んでいることになる。

今だって、充分に快感に流されている。それくらい、正一もさすがに理解していた。しかし、流されることと、こちらから輔を求めることはべつだ。――自分も輔を欲してしまえば、ふたりの関係が変わりそうで恐ろしくなる。

輔のせいで、自分はこんなに乱れているのだ。不可抗力だ。けっして、みずから望んで今の状況があるわけではない。

そう考えて口をきつく閉じると、輔に激しく後孔を刺激された。

「あ、んうっ！」

輔は根元を握り締めたまま、ぐりぐりと正一の媚肉を擦りつづける。前立腺《ぜんりつせん》に何度も指先を押しあてられ、たまらず膝が震えた。悦《よろこ》びと煩悶《はんもん》の入り交じった苦い喘ぎが、ひっきりなしに漏れる。

「どうする？」

再度そう尋ねられ、正一は輔から目を逸らした。

口を引き結び、頑《かたく》なにその要求を拒む。

「……あいかわらず強情だな」

ふっとそう呟き、輔は抽挿を本格的に開始した。今までとは段違いに激しく指を擦りつけられて、頭の中が真っ白になる。チカチカと明滅する火花のような快感が、正一の体を支配する。

「あ、んっ、んう、…あっ！」

達したいのにそれを許されない苦しみと、それでも押しよせる波に、呼吸さえもままならない。

「……だ、だって！」

正一は喘ぎながら、どうにか声を上げる。

「だって、変、だろっ、男同士で、……俺と、おまえが、…こんなっ」

輔が一瞬動きを止め、正一をじっと見下ろした。滲む涙のせいで視界がはっきりしないけれど、ぼんやりと映る輔の表情が苦しげに歪んでいる気がした。

「変じゃないよ、正一」

輔はすぐに刺激を再開し、正一を責めはじめた。うねる快感の波に翻弄され、霞む意識の中、輔の声が夢のように響いている。

「こんなにおまえが欲しくてたまらないのに、……変なわけないだろ！」

「ん、あっ、……ああっ！」

限界まで追い立てられ、奥がビクビクと痙攣《けいれん》した。

内部が脈打ち、正一のそこは輔の指をのみ込んだまま何度も収縮を繰り返す。途方もない絶頂感が体の中を走りぬけ、ぐったりと肩で息をした。

ようやく輔が正一の性器を解放する。白濁がとろとろと溢れて、正一の芯を伝い落ちていった。それは吐精というよりも、すでに放たれたものがようやく見つけた出口から零れていくような感覚だった。きりがないほどに溢れつづける。

仰向《あおむ》けになって放心する正一には声もかけず、輔はその場を離れていく。洗面所に向かう輔の背中をぼんやりと目で追いながら、正一はたまらなく泣きたくなった。

けれどその理由はわからない。

本当は、考えたくないだけかもしれない。


翌朝、正一は職員室でノートパソコンの画面を眺めていた。もうどれくらいの時間そうしているだろう。デスクトップに表示された週案を瞳に映しながら、頭ではまったくべつのことを考えていた。

そろそろ朝礼の時間だ。教室に向かわなければならないのに、どうしても身が入らない。睡眠不足で重たい頭を抱え、正一は小さく息を吐いた。

昨晩は一睡もできなかった。ベッドに入って目を閉じると、輔との出来事が脳裏に浮かんで止まらなかったのだ。

ついに、輔と関係を持ってしまった。

最後の一線は越えていないが、それでもあれはたしかにセックスだった。

なぜはっきり拒まなかったのかと、激しい後悔が押しよせる。

それどころか、ろくに抵抗もせず、輔にされるがままになっていた。許されることではない。冷静になった今では、あのときの自分がとても信じられなかった。

今にも破裂しそうな頭を抱え、正一はぐるぐると思い悩む。週明けの職員室はすこし騒々しい。生徒や教員の談笑が溢れているが、正一の周りだけはべつの空間に切り離されているようだった。

ここは学校で、今は勤務中だ。何度もそう考えて思考を切り替えようと試みるが、それでも意識は輔との情交へと至ってしまう。

思いだすと、耳まで熱くなった。貪られるようにキスをされ、普段は閉じられた体の奥まで暴かれた。あの武骨な手が自分にどう触れたのか、思いだしたくないのに頭の中で勝手に再現されていく。

輔のせいだ。自分から望んだわけではない。それなのに、どうしようもなくその手に身悶《みもだ》えてしまった。もっと強く触れてほしいとさえ感じてしまった。

どうしてと、もう何度目とも知れない考えが頭を過《よぎ》る。

今までうまくやってきたはずだ。好きだなんて言いながら、輔は一度だって強引に触れてこようとはしなかった。昨日ほど正一を追い詰めるようなことはしなかった。

それなのにどうして、今さらあんなふうに求めたりするのだろう。

心の中で呟き、正一はぎゅっと目を閉じる。

次の瞬間、大きな音を立てて職員室の扉が開いた。あまりの音に驚いて、ようやく意識が現実に引き戻される。

「篠田先生！」

振り返ると、入口には真っ青な顔をした久美が立っていた。こちらに向かって、転びそうになりながら駆けよってくる。

いったいなにごとかと、今にも泣きだしそうな久美に目をやった。

「喧嘩《けんか》です！　川上と、蓮くんが――」

どうかあいつが出ませんように。

そんな必死の願いもむなしく、犀川家の玄関で正一を迎えたのは輔だった。なんとなくそんな気がしたんだよなと、正一は引き戸の前で固まってしまう。どうして悪い想像に限って当たるのだろう。

熟れた夕陽に照らされて、輔の頰が橙《だいだい》色に染まっている。その顔を見た途端、昨日の出来事がまたしても脳裏に蘇り、耳まで熱くなった。頭の中が真っ白になる。正一は輔を見上げたまま、じっと立ち尽くした。

「正一？」

そう声をかけられ、正一はハッと我に返る。

咳払《せきばら》いでごまかして、なにごともないかのように装った。

「……優ちゃん、いるか？　できれば呼んできてほしいんだけど」

「姉貴？　ちょっと待ってな」

態度がぎこちない正一に対し、輔の様子は平静そのものだ。いつもどおりのんびりと答えて土間の奥に消える輔に、正一はほっと息を吐く。

数分とせず、家の奥からどたどたと慌ただしい足音が聞こえてきた。きっぱりとした明るい声が、正一の耳に届く。

「正ちゃん！」

土間に面した仏間から、優がひょっこりと顔を出す。輔の性別をそのまま女性に変えたような、陽気な人だ。正一の膝ほどある上がり框《がまち》から、軽い足取りで土間に下りた。

「久しぶりねぇ！　元気だった？」

「元気だよ……、って、蓮くんの転入手続きのときにも会ったじゃないか」

「そうだったっけ」

あっけらかんとした優の笑顔は、いつ見ても昔のままだ。実際の年齢よりもずっと若い印象を受けるのは、表情が豊かなためだろう。

「わざわざ玄関に呼んでどうしたの？　上がればいいじゃない」

「いや、ちょっとよっただけなんだ。すぐに帰るから」

ふうん、と首をかしげて玄関を出ると、優はすぐ横の縁側に腰かけた。正一もそれにならって隣に座る。溶けだしそうな夕暮れの中で、ひぐらしの声が聞こえた。

「そういえば蓮くんは？」

「蓮なら自分の部屋で漫画読んでるわよ。呼んでこようか？」

「いや、いいよ」

なるべく蓮には会いたくなかったので、正一は慌てて手を振る。教員が家を訪ねたということで、蓮に妙な負担をかけたくはなかった。

「……蓮くん、今日学校でなにかあったって言ってなかった？」

優は一瞬目をまるめ、ふるふると首を振る。

「べつに、なにも。どうして？」

「いや、ちょっと、……クラスの子と喧嘩しちゃったみたいなんだけど」

喧嘩！　と目をまるくし、なぜか優が楽しげに笑った。

蓮と佳弘の喧嘩の原因は、ごく些細なことだった。

蓮が教室を出たところに、タイミング悪く佳弘が駆け込み、ぶつかってしまったという話だ。突然体当たりされて尻餅をついた蓮が佳弘をにらみ、それから口論になってしまったらしい。しかし言い合いだけでは終わらなかった。逆上した佳弘が蓮につかみかかり、取っ組み合いの喧嘩に発展してしまったのだ。

途中で正一が間に入ってすぐに喧嘩は収まったけれど、どちらも頑として相手に謝ろうとはしなかった。ふたりをそれぞれ呼びだして理由を聞いても、佳弘は『あいつがナマイキだから』と言い張り、蓮に至っては口も開いてくれなかった。

怪我自体はふたりともかすり傷程度ですんだからよかったが、どうにも根が深い。

そこですこし話を聞いてみようと、優の元を訪ねてきたのだ。

「あの子が喧嘩ねぇ……。そういえば、手に痣《あざ》ができてたっけ」

足に擦りよってきたチビを膝に抱きかかえ、優が頬をゆるめた。いつも尻尾を振って走ってくるハチの姿が見えない理由は、チビがここにいるからだろうか。

「もし優ちゃんのほうでも気がつくことがあったら、なんでもいいから教えてほしいんだ。学校では俺も気をつけるから」

「相手側の親御さんには会ったの？」

「ああ、ここに来る前によってきたよ。だけど、子供の喧嘩に大人が出るなんておかしいって、怒鳴られて」

そう肩を落とす正一に、優は声を上げて笑った。

「正ちゃんの心配はありがたいけど、私も同じ気持ちかな」

「でも……」

そう正一が口を開きかけるのと同時に、「そう、そう」という声がふたりの背後から降ってきた。

振り返ると、西瓜《すいか》と麦茶の載った盆を手にした輔が立っていた。

「正一は心配しすぎなんだよ」

輔もその場に腰を下ろし、ふたりの前に盆を差しだす。

そのうちのひと切れを手に取り、輔が赤く透んだ果肉に思いきりかぶりつく。口元に果汁が滴《したた》り、首にかけたタオルで荒っぽく拭った。

不覚にも濡れた唇にどきりとする自分がいて、正一は慌てて目を逸らす。優がいてくれて助かった。先ほど輔とふたりきりで顔を合わせたときに比べれば、だいぶ気持ちは落ち着いている。

チビが優の膝からぴょこんと降りて、くんくんと西瓜に鼻を近づけた。

「わー、おいしそ！」

嬉しそうに西瓜を手に取り、優が「正ちゃんも」とほほえむ。スーツに零れるかも、とすこし迷うが、正一も手を伸ばした。

手にした西瓜に目線を落とし、正一はぼそりと口を開く。

「輔は俺の心配しすぎだって言うけどな。なにかが起こった後じゃ遅いんだよ。一対一の喧嘩ならまだいいけど、数が集まればもう誰にも止められなくなるんだから。初めの対応が大事なんだよ」

教員だからこその責任があるんだ、と輔に目を向けた。

「……え、正ちゃん。あの子、学校でいじめられてるの？」

一気に表情を硬くする優に、正一は焦ってそうじゃないと首を振る。

気の置けない仲なのでつい思うままに話してしまったが、優は蓮の母親なのだ。担任の自分が余計な心配をかけてどうするんだと、正一は慎重に言葉を選んだ。

「まさか、そうじゃないよ。あくまでも、教員としての心構えってこと」

優があからさまにホッとした表情を浮かべる。

そうならないとは限らないと、今、優に伝えるべきなのか迷ってしまう。女子には人気のある蓮だが、佳弘と不仲である以上、学級内での立ち位置がどう転ぶかなんて正一にもわからなかった。

正一はこっそりため息をつく。輔の言うように、自分の杞憂《きゆう》で終わるのならばどれほど嬉しいことだろう。

「そうだなぁ」

沈んだ表情の正一に、輔が腕組みをして告げた。

「そんなに正一が悩んでるっていうなら、俺も協力しようかな」

「……なにかいい考えでもあるのか？」

輔は宙を見上げて笑うだけで、その問いには答えない。

「役に立てるかはわからないけど」

「なんだって嬉しいよ。今は藁《わら》にでも縋《すが》りたい気分だから」

とくに期待もせずに正一が言うと、輔がにやりと口の端を上げた。

「愛する正ちゃんと、にっくき蓮のためだからな」

優が眉間《みけん》に皺をよせ、いぶかしげに首をかしげる。

「なんで蓮が憎いのよ？」

内緒、と返す輔の脇腹《わきばら》にさり気なくこぶしを入れてから、正一は西瓜にかじりついた。

ふと、三人と一匹の様子を小屋の影から見つめるハチに気づく。あまりにもしょんぼりしたその様子に、思わず笑ってしまった。

「甘い」

口に含んだ夏の果実は、あっという間に溶けていった。


「友達の顔をよーく見て。難しく考えなくていいから、好きに作ってみて」

八月初日の朝十時。

ギラギラした日差しが差し込む教室に、輔の晴れやかな声が響きわたる。

室内の雰囲気は、夏の陽気に負けないほど明るく浮き立っていた。教室に集まった生徒たちが、教卓の前に立つ輔の顔をどこか照れくさそうに見上げている。

『絵本の先生』として、輔はこの村で有名だ。夏休み中の課外実習だというのに、ほとんどの生徒が参加を希望したほどだ。輔に粘土細工を教えてもらえるということで、子供たちは一様にそわそわしている。

教室には輔のファンだという教頭や、他にも教員や保護者が数名集まっていた。

課外授業の様子を見守りたいというのが建前だが、本当は輔の姿を間近で見たいだけらしい。その証拠に、参加している大人のほとんどが女性だった。輔の人気ぶりは知っていたつもりだが、こうして目《ま》の当たりにするとさすがに少々驚いた。

ふと、絵本の表紙裏に掲載されている、輔の顔写真を思いだす。写真の中の輔はいつもの武骨な雰囲気ではなく、無精髭も剃って、髪の毛もすっきりと整えていた。元の作りがいいため、こぎれいにするだけでずいぶん男前になる。かっこつけてと思う一方で、これだけ異性の目を惹きつけるのも当然だと納得だった。

もちろん、本人には口が裂けても言うつもりはないけれど。

――先生、という幼い声が聞こえ、正一はすぐに振り返る。

しかしすぐに、それが輔を指しているのだと気がついた。

「バットを持たせたいんだけど、どうやって作るの？」

「ああ、細いものを作るときは、この針金を真ん中に通して。じゃないと、後で折れちゃうかもしれないから」

案外、輔は教員にも向いていそうだ。

課外授業の様子を眺めながら、正一は目元をやわらげる。

この課外授業は、生徒ふたりが一組になり、粘土で互いの人形を作るというものだ。ペアは正一のほうで前もって決めていた。互いを見つめ合う行為に、子供たちは初めは照れているようだったが、すぐに制作に夢中になり、今は大半の子供が作業に没頭していた。まるめたり伸ばしたりと、真剣な顔で取り組んでいる。

どうしていいのかわからないと途方に暮れている子供には、輔のほうから近づいて声をかけているようだ。気さくでわかりやすい物言いが好評なようで、あっという間に子供たちに懐かれていた。

しばらく室内を回っていたが、区切りがついたのか、輔が材料をまとめた長机のそばに腰を下ろす。

正一はひとりになった輔の元に近づき、礼を言った。

「ありがとな。まさか、ここまでしてくれるとは思わなかったよ。準備もあったし、かなり大変だっただろ」

正一の言葉に、輔がめずらしく曖昧な苦笑を浮かべる。

「まあ、蓮のことは、俺もやっぱり心配だからな。それに、役得もある」

「役得？」

「正一はいつも忙しいだろ。こうでもしないと一緒にいられないから」

そう言って見つめられ、正一は言葉に詰まってしまった。

「……こんなところでする話じゃないだろ」

「そりゃそうだ」

輔はいたずらめいた笑みを浮べ、さらりと言う。

そして、窓に面した後方の席で向かい合う、ふたりの少年に目線を向けた。

「それより、あいつら大丈夫かね？」

「どうだろうな……」

正一は思わず眉をひそめる。

ふたりの見つめる先には、対面して人形を作る蓮と佳弘の姿があった。もちろん意図して組ませたのだが、その判断が正しかったのか、どうにも自信を持てない。

蓮と佳弘は一言も会話を交わさず、もくもくと粘土を捏ねていた。蓮のほうは佳弘の顔を確認しながら作業をしているが、佳弘は口をへの字に曲げて、下を向いて手だけを動かしている。ひとり不機嫌な佳弘に、周囲の子供たちも困惑気味だ。

「まさに一触即発だな。うちのチビとハチみたい」

「笑いごとじゃないだろ。おまえがあのふたりを組ませろって言ったんじゃないか。……俺は反対だったんだからな。火に油を注ぐようなものだろ」

すまん、と輔は笑いながら謝罪する。

「だってなぁ、とりあえずふたりで向き合う機会でもないと、仲よくなりようがないじゃないか」

「それは、そうだけど」

正一は肩を落としてそう答える。

たしかに、他にいい案があったわけではない。結果がどう転ぶのかはべつとしても、こうして顔を突き合わせることには意味があるかもしれない。

ふと、輔が長机に置いてある粘土に手を伸ばした。

慣れたもので、大きさの異なる円を手際よくいくつも作っていく。

パーツごとに使用する粘土が違うらしく、種類を使い分けているようだった。それらがさらに器用に細工され、顔や胴、手足へと、見る間にかたちを変えていった。まるくやわらかなフォルムの愛らしい男の子が、あっという間に完成する。

バンザイしている両手や顔の角度から、楽しそうな様子が伝わってきた。

着色はされていないので今は粘土の白一色だが、それでもすぐに、その男の子が『しょうちゃん』だとわかった。

「それも、絵本に使うやつ？」

「いや、これはなんとなく作ってるだけ。目の前にモデルがいるから、創作意欲が湧いてきちゃって」

「そんな変な人形ばっかり作って、よく飽きないな」

「言うに事欠いて、変って。——いいのかおまえ、ひどいこと言われてるぞ？」

制作途中の『しょうちゃん』に、輔が問いかける。ぼくは変じゃないと言う『しょうちゃん』の声が聞こえた気がした。

正一はつい苦笑を浮かべる。

「せっかく腕があるんだから、もっとべつの、立派なものを作ったらいいのに」

「立派な、ねぇ」

輔はどこかつかみづらい表情で作業を続ける。

「べつのものっていうか、個人的に作ってほしいって依頼ならあるけどな。結婚式だプレゼントだって、けっこうひっきりなしでさ」

「へえ」

「ずっと気になってはいるんだけど、そっちはなかなか。今は『しょうちゃん』があるから、全部はとても手が回らなくて」

「だから、その『しょうちゃん』を……」

正一は言いかけて口を閉ざす。

なんだか堂々巡りだ。肩をすくめて、窓の外に目を向けた。

「まあ、作るのはおまえだし、俺がどうこう言うことじゃないか。せっかく自然に囲まれてるんだから、木とか花とか、もっといろいろ作ったらいいのにとは思うけど」

「なんで？」

「なんでって」

「木だの花だの、そんなもの作ってどうするんだ？」

不思議そうにしながら、輔が顔を上げる。

「自然なんか、わざわざ自分で作る必要なんてないじゃないか。うんざりするくらい近くにあるのに」

「……そんなこと言うなら、俺だって近くにいるだろ」

正一の言葉に、輔が一瞬動きを止める。それからぽりぽりと頭をかいて笑った。作ったような笑顔には、温度も湿度も感じられなかった。

「どうだろうな」

ぼそりと零した輔の声に、正一は眉をひそめる。

どういう意味だと口を開きかけた瞬間、「すごーい」という久美のはしゃいだ声が聞こえてきた。ひときわ大きなその声に、正一と輔はつられてそちらに顔を向ける。

「蓮くん、上手《じょうず》！　やっぱり先生の甥《おい》っ子さんだね」

蓮の作る人形を覗き込み、久美がにこにこと目を細めていた。そんな久美をうるさく思っているのか、向かいの佳弘は仏頂面だ。

むっつりしながら粘土を鋏《はさみ》で切っている。

蓮は不機嫌な佳弘になど目もくれず、すぐ横に立つ久美に顔を向けた。

「崎本さんは、もう作り終わったの？」

「全然終わってないよー。わたし、図工って苦手なんだ。ねえ蓮くん、コツとかあるの？あるなら教えてほしい！」

「コツが聞きたいなら、叔父さんに聞いたほうがいいと思うよ。べつにおれ、上手じゃないし」

「上手だよ！　このつり目とか、川上にそっくりだもん」

「あ?」

自分の名前が会話に上がり、佳弘が手を止めて蓮と久美に目を向ける。

「だれがつり目だよ。ふざけんな、タレメブス」

「あー……、でも、本物より、蓮くんの人形のほうが一万倍かっこいいかも。本物はただのゴリラだし！」

佳弘の子供じみた悪態に、久美も即座に言い返す。またか、と頭を抱える正一をよそに、ふたりの間に火花が散りはじめた。

しかし佳弘は、久美ではなく蓮をにらみつける。

「……その人形、見せてみろよ」

手を差しだす佳弘に、蓮は無言のまま首を横に振った。

「見せろってば」

「いやだよ」

「なんでだよっ」

「川上に見せたら、壊されるかもしれないから」

素っ気なく言い放つ蓮に、佳弘が鋏を手にしたまま立ち上がった。

「早く見せろって言ってるだろ！」

佳弘は机越しに詰めより、蓮の手にある人形を奪い取ろうとする。蓮は高く手を上げて人形を遠ざけるが、佳弘はますますむきになってつかみかかった。

わっと、周囲の子供たちが声を上げる。

「やめなさい！」

正一が慌てて駆けよるが、ふたりはけっして引こうとしなかった。

蓮の上げた腕を追いかけるように、佳弘が机に乗り上げて強引に襲いかかる。そのまま押し問答になり、蓮の持つ粘土が、佳弘の頭に激しくぶつかった。

「うわっ、気持ち悪っ」

「あ……」

佳弘の頭に、蓮の作った人形がべったりとくっついていた。

衝撃で歪《いびつ》にかたちが崩れ、ほとんど原形がわからなくなっている。髪の毛にくっついた粘土を、佳弘は慌てて引っ張って剝《は》がした。しかし髪の毛に細かく絡みつき、とても全部は取れそうにない。

佳弘はみるみる目を真っ赤にして、さらに蓮につかみかかる。

「なにすんだよっ！」

大きく手を振りかぶった佳弘の手が、きらりと流れるような弧《こ》を描いた。それが蓮の左の頬を掠めていくさまが、スローモーションのように正一の目に映る。

次の瞬間、蓮の頬から血が滴り、ぽたぽたと床を赤く濡らした。蓮は声も上げず、佳弘の手に握られた鋏を、ただじっとその瞳に映している。

はじけたように泣きだす久美の横で、佳弘が呆然と立ちすくんでいた。


まだ昼間だというのに、病院の廊下は薄暗く冷たかった。

両側を診療室などで囲まれていて、光を取り込む窓が少ないせいだろう。薄弱な蛍光灯の光が、ぼんやりと廊下を照らしている。

「正ちゃん！」

真っ青な顔をした優が、処置室の前に座る正一のそばに急ぎ足で近づいてきた。

優の姿を確認し、正一は慌てて立ち上がる。

「ごめん、優ちゃん、蓮くんが——」

「蓮が怪我したって、……蓮はどこ？」

優が言い終わるのと同時に、輔と蓮が処置室から出てきた。左頬にガーゼを貼った蓮を見て、優は慌てて駆けよる。

輔が蓮の肩に手を置き、決まり悪そうに口を開いた。

「四針だってさ。全治三週間」

一瞬の沈黙の後、なんだぁ、と優が大げさに息を吐いた。

「私、てっきり、ものすごい大怪我をしたのかと……」

「姉貴は大げさなんだよ。ちゃんと、正一も電話で言ってただろ？　鋏で頬を切っただけだって」

「だって！　正ちゃんったら、今にも死にそうな声で、蓮が怪我したなんて言うんだもん！　あんな悲愴《ひそう》な声を出されたら、指が落ちたか、鼻が削げたかくらいに思ってもしょうがないわよ！」

「紛らわしくてごめん……」

所在なくうつむく正一に、輔と優がぴたりと言い合いをやめて振り返った。

当事者の蓮は、他人事のように平然と大人三人の言い合いを眺めている。

「いや、まあ、そんなに大した怪我じゃなくてよかったわ。——蓮、大丈夫？」

「うん」

そう言ってうなずくと、蓮は廊下の端に置かれた、大人の背丈ほどの植木に目を向けた。

トネリコの鉢《はち》植えが、かさりと揺れる。

木の影に隠れるようにして、佳弘が立っていた。怪我をした蓮を病院に連れてくる際に、ついてきたのだ。佳弘は口を硬く引き結び、無言で前方をにらんでいる。頭にくっついたままの粘土の欠片《かけら》が、妙にちぐはぐで哀れだった。

正一は何度も学校に残るよう説得したが、佳弘は頑として首を縦に振らなかった。しかたなく病院には同行させたが、佳弘は今に至るまで一言も口をきいていない。車の中では、しかめっ面のまま蓮から目を離そうとしなかった。

病院について輔と蓮が処置室に入った後も同様だ。正一が座るように促してもけっして聞き入れてくれない。

「……正ちゃん、あの子？」

なにか感じるところがあったのか、優が正一にそう尋ねる。

正一はうなずき、佳弘のそばに歩みよった。

「川上」

ぴくりと、佳弘の眉が動く。

「なにか、言いたいことがあってついてきたんじゃないのか」

正一はできるだけ穏やかな口調で、佳弘に問いかけた。しかし佳弘は目も合わせず、じっと固まったままだ。流れる沈黙がひやりと冷たい。

重い空気の中、ふいに、輔が佳弘のそばまで来てしゃがみ込んだ。

「……輔？」

いぶかしむ正一をちらりと見上げ、輔がにやりと笑う。

そして両手をわきわきと動かし、佳弘の脇腹を容赦なくつかんだ。

「あっ、ははあはっ、ぎゃはっ、はっ」

次の瞬間、佳弘が壊れた玩具《おもちゃ》のように笑いはじめた。

輔の手がこちょこちょと激しく動いている。輔の背中が壁になって見づらいが、その肩越しに、泣き笑いながら体を捩る佳弘の姿が見えた。佳弘は必死に輔の手から逃れようとしているが、大人の力には敵《かな》わないようだ。

暴れる佳弘の頭が、勢い余ってトネリコの枝葉にぶつかる。

わっぷ、と顔を歪める佳弘を、輔はようやく解放した。

「なに、すんだ、よっ！」

ぜいぜいと喘ぎながら、佳弘が大声を上げる。輔は余裕綽々《よゆうしゃくしゃく》に唇の両端を上げていた。

佳弘の肩に手を置いてから勢いよく立ち上がり、蓮の元に強引に連れていった。

「ちょ、ちょっと、やめろってば！」

戸惑う佳弘になどお構いなしだ。

無理やり至近距離で蓮と向かい合うことになり、佳弘はひどくうろたえているようだった。

対する蓮は、やはり無表情のままだ。

輔が「ほれ」と、佳弘の肩を優しく叩いた。

「こいつに用があるんだろ？」

そう言って笑う輔のおおらかさに気がゆるんだのか、佳弘の肩から力が抜けていくのがわかった。佳弘はちらちらと、何度も輔のほうを振り返る。そんな佳弘に、輔はのんびりと笑うだけだ。

佳弘は意を決したように、上目遣いで蓮のほうに向き直る。

なにか言いだそうとモジモジする佳弘に、――ふと、蓮が小さくふきだした。

「変な頭」

「……へ？」

「頭の粘土、固まってるけど、放っといていいの？」

「こ、これは、おまえがやったんだろ！」

それには答えず、蓮はくすくすと笑いつづける。

蓮に笑われるなんて予想外だったのか、佳弘の顔が赤くなっていく。

「なんだよ、そんな、笑わなくても」

「大丈夫だよ」

「へ？」

佳弘が、二、三度瞬きをした。

「ほっぺた、これくらい平気。ちょっと痛いけど、すぐ治るんだって」

蓮はそれだけを言うと、すぐに踵を返して歩きはじめた。佳弘はしばらく呆《ほう》けたように蓮を見ていたが、すぐにその背中を追いかけて走りだす。

「犀川！」

廊下の奥に消えるふたりの後ろ姿を、正一は呆然と目で追いかける。

「……笑ってた」

初めて見る蓮の笑顔に、正一は思わずそんなことを呟く。

「そりゃ、笑うよ」

輔は苦笑を浮かべた。

「ちょっと変わったところもあるけど、粘土でできた人形じゃないんだから」

「変わってるのは姉貴ゆずりだな」と、輔がいたずらっぽく言い足す。「あんたよりはマシよ」

優は唇を尖《とが》らせて、腰に手を当てた。そんな姉弟の他愛ないやりとりに、ふっと心が軽くなる。

「そっか、そうだよな」

あの子だって笑うんだよと、自分でも気づかずに全身から力が抜けていた。

輔の目には、自分と同じ景色もまったく違うふうに映るのだろうなと、ふいにそう感じた。

そもそも、蓮と佳弘の関係も、輔にとっては問題とは映っていなかった。本心のまま謝れない子供の頑なさも、内心の見えづらい甥っ子も、――突然村に越してきた、同い年の子供だってそうだ。なんだって飄々と笑って受け止めてくれる。

正一が持て余していた問題をあっさりと解決され、男として悔しい気持ちがないわけではない。しかしそれ以上に、飾り気のない輔の鷹揚さが胸に沁《し》みた。

輔は本当に不思議だ。

ただそこにいるだけで場の空気を和《なご》やかにさせる。気取りのない態度で相手の心を開かせ、しかしそれは、輔にすればごく自然な振る舞いだ。

――そんな輔だから、俺は。

その続きを思い、正一はハッと我に返った。

そんな輔だから、いったいなんだと言うのだろう。輔は正一にとって親友で、幼なじみで、それだけだ。他のなにものでもない。うるさいくらいに鳴り響く心臓の音を聞きながら、正一は輔から視線を外した。今はこれ以上、輔を見ていたくなかった。

「もう大丈夫だろ。心配ないよ」

輔の声が耳を伝って、皮膚の内側に入り込んでくる。それはやわらかな熱に変わって、正一をじわりと熱くさせた。輔の声なんて、もう数えきれないほど聞いているのに、どうしてだろう。

「……そうだな」

答える声が、ほんのすこし震えてしまう。輔に気づかれたくないと、そんなことを考える自分に、ひどく怯えた。

4

ハチの熱烈な歓迎を受けながら、正一《しょういち》は犀川《さいかわ》家の門をくぐる。

十月も半ばに差しかかった敷地内には、ところどころ赤や橙《だいだい》の葉が落ちていた。目線をわずかに遠くに向ければ、燃えるような秋の山々が見える。

正一の手に下げた紙袋に、ハチがくんくんと鼻の頭を擦《こす》りつけてきた。足元をぐるぐると回っては、また紙袋を匂《にお》ってを繰り返す。そんなハチの首をよしよしとかいぐっていると、輔《たすく》が縁側からひょっこり顔を出した。

「よう、いらっしゃい」

計ったようなタイミングで現れた輔に、正一は目をまるめる。

「よくわかったな、俺が来たって」

「正一が来るとハチが大興奮だから」

なるほど、と正一はうなずく。縁側であぐらをかく輔の隣に腰を下ろすと、奥の居間から子供の笑い声が聞こえてきた。

「蓮《れん》くん？」

それにしては明るいなと、正一は少々失礼なことを思いながら訊《き》く。

「ああ、蓮とその友達な。病院のときの子とか、他にも何人か遊びに来てるよ」

「へえ」

そう言って、正一は目を細めた。

二ヶ月前の課外授業の日以来、坊主頭《ぼうずあたま》になった佳弘《よしひろ》たちと蓮が遊んでいるところをよく見かける。夏休みの自由研究も、男子全員で山の虫取り研究を行っていた。生徒に怪我《けが》を負わせて始末書の山と格闘することにはなったけれど、それくらい安いものだ。

「それで、なにかあったのか？」

ふいに輔にそう尋ねられ、正一は目をまるめる。

「え？」

「最近の正一は、用事もないとウチに来ないだろ」

そうだったかな、と後ろめたさを感じて頰《ほお》をかいた。

「なかなか忙しいんだよ」

「忙しいねぇ。子供のころはいっつも遊びに来てくれてたのにな。大人になんて、なりたくないもんだ」

「おまえは今も子供みたいなもんだから安心しろよ」

「お、少年の心を持った男はモテるって知ってた?」

「ほんと、ああ言えばこう言う」

正一はこらえきれずにふきだす。

「課外授業のお礼を渡そうと思って来たんだよ」

いつの話だよと、輔が呆《あき》れ顔で笑う。たしかにあれからだいぶ時間が経ち、景色はすっかり秋模様に変わっている。

「わざわざ礼なんてよかったのに。蓮の怪我もあって、正一も色々と大変だったんじゃないか? かえって迷惑かけただろ」

「まさか。おまえのおかげですっかりクラスの雰囲気もよくなったし、本当に助かったよ。輔には感謝してる」

力強く言って、正一は手に持っていた紙袋を差しだす。

中を覗《のぞ》き込んだ輔が、「おお!」と感嘆の声を上げた。

紙袋の中には焼酎《しょうちゅう》が入っていた。入手に手間のかかるプレミアものだ。輔は無類の酒好きなので、これならば間違いないだろうと用意したのだ。謝礼を渡すのにこれほど時間がかかってしまったのはこのためだった。

「なにこれ! 高かっただろ?」

「いや、ちょっとしたツテがあって定価で」

「へえ、いいなぁ……」

輔がしみじみと言う。心からの声だ。

ちなみにツテとは教頭のことだ。蔵元に遠い知人がいると、なにかの折りに聞いていたのを覚えていたのだ。輔の名前を出したら、うきうきと手配してくれた。

「あ、俺も一緒に飲むからな。勝手に空にするなよ」

真顔で言うと、輔の苦笑が返ってきた。

「それ、礼って言うのか？」

「こういうのは気持ちが大事なんだ」

「正一の屁理屈《へりくつ》も、なかなかのもんだよな」

ふたりで笑い合っていると、仏間から電話の子機を持った優《ゆう》が現れた。

「輔、きのこ社の長谷川《はせがわ》さんから電話。次の撮影のことで話があるって」

「ああ、ありがと」

「……あんた、ちゃんと携帯持ち歩きなさいよ。いちいち取り次ぐのって結構めんどくさいんだから」

あいかわらず携帯電話を携帯しない輔に、正一は肩をすくめる。子機を持って仏間に消えた輔を見送り、優はやれやれと腕を組んだ。

正一は立ち上がり、縁側に立つ優を見上げる。

「蓮くんの頬の傷、きれいに消えるかな。顔に痕《あと》が残ったりしたら……」

申し訳なさに眉《まゆ》をよせる正一に、優はこともなく笑ってみせた。

「いいわよ、男の子だもん。あれくらい名誉の負傷ってやつよ。それにほら、頬に切り傷なんて、侍《さむらい》みたいでかっこいいじゃない。背中は切らせない、みたいな？」

「……優ちゃん、そういえば時代劇好きだったっけ」

正一は乾いた笑いを浮べる。

「それにあの子、最近明るくなったから。たまに学校の話もしてくれるようになったのよ。いいきっかけができてよかったって、ほんとにそう思ってる」

そう言って居間のほうを振り返る優に、正一は既視感を覚えた。夏の日の、輔の朗らかな笑顔が浮かぶ。

「やっぱり姉弟だね」

「え？」

「輔も同じこと言ってた。きっかけがあれば仲よくなれるって」

「あのメルヘン馬鹿も？　やめてよね」

優は瞬時に顔をしかめる。けれどそんな態度とは裏腹に、その表情はどこかやわらかかった。しかしふっと、その声に憂いが滲《にじ》む。

「あいつ、あんなんで東京なんて。うまくやれるのかしらね」

優の口から飛び出た発言に、正一はぎくりと反応する。東京。なぜ優がそんなことを言いだすのか、見当がつかない。

呆然《ぼうぜん》と見返す正一に、優がきょとんと首をかしげた。

「正ちゃん、聞いてないの？」

「なにを」

「輔、東京に行くのよ」

「え？」

いかにも初耳だという正一の態度が意外だったのか、優がぱちりと目をしばたたく。

「ほら、粘土で作るアニメってあるでしょ？　その会社に、ずいぶん前から勧誘されてたみたいなの。そこのなんとかっていうお偉《えら》いさんが、輔の作る人形を気に入ってくれたらしくてね」

聞いてない、と正一は零《こぼ》す。

「まさか、優ちゃんの勘違いだろ？　……だって、こっちの仕事は？　犀川の田んぼだってあるのに」

「それがね、その田んぼのことで、今めちゃくちゃ親父と揉《も》めてんのよ。親父も年だし、ひとりじゃ面倒なんか見られないって怒っちゃって。それでも輔は行きたいみたいで、ぜんっぜん引かないの」

「じゃあ、本当に？」

「まあ、正ちゃんになにも言わずに行くってことはないだろうから、そのうちなにか言いだすんじゃない？」

輔が東京に行く？

足元ががらがらと音を立てて崩れ落ちた気がした。そんなわけない。だって、ありえないことだ。輔が三郷村《みさとむら》を出ることも、それを自分に言わないでいることも——そんな話にこれほど動揺してしまうことも。驚くよりも、ただ信じられない。

優がなにか話しつづけていたけれど、頭に入ってこなかった。

「……ごめん、優ちゃん。今日はもう帰るよ」

「あら、もう？」

ゆっくりしていけばいいのに、と勧める優に手を振って、正一は急ぎ足で門扉《もんぴ》に向かった。途中でハチがじゃれてきて足を取られそうになるが、どうにか転ばずに庭を突っきる。

輔がこの村からいなくなる。

現実味のない言葉が頭の中をぐるぐると回り、目眩《めまい》がした。

「先生、食わねーの？」

つり気味の目をきょとんとまるめ、佳弘が正一の顔を覗き込んでくる。教卓に置かれた正一の給食に目線を移し、「いらないなら、ちょうだい」と、デザートのみかんゼリーに手を伸ばしてきた。

「……だめ」

佳弘の顔がみるみる渋くなっていく。

「なんだよ、先生のケチ！」

「川上にあげたら、他のみんなも欲しくなるだろ」

「でも、さっきから全然食ってないじゃん」

不意打ちで痛いところをつかれ、正一はうっと息をのんだ。

ちょうど一週間前、輔の東京行きの話を聞いてからというもの、上の空になることが多かった。今もそうだ。授業やホームルームなどの時間は、かろうじて集中できているが、ひとたび会議や休憩が始まれば、どうしても気がそぞろになってしまう。

今のところ、輔本人からこの村を出るという話は聞いていない。

自分になにも言わないということは、輔の東京行きは本決まりではないのかもしれない。父親とも揉めているそうだし、話が途中で止まっている可能性もある。考えすぎて鈍くなった頭で、そんなことを思った。

しかし優の口ぶりでは、輔の東京行きはほとんど決定に近いようだった。

それに、輔本人もそれを望んでいる。

自分が輔の東京行きをどう受け止めればいいのか、正一自身よくわかっていなかった。いなくなってほしくはない。当然だ。輔は親友だから。家族同然で育ってきたのだ。だけどそれが輔の願いなら、尊重し、応援するべきだ。

輔にとって、都会に出るということは、きっと意味のあることだ。もともと才能に恵まれた輔だ。田舎《いなか》で細々と活動を続けるよりも、刺激に溢《あふ》れた都会のほうがずっとやり甲斐《がい》があるに違いない。正一は創作の世界には明るくないけれど、同じ粘土細工でも、絵本とアニメーションとが違うこともなんとなく想像できた。挑戦のしがいというものも、また違ってくるのだろう。

今は農家の仕事と兼業で創作活動を続けている輔だが、それがどれだけ大変なことかも近くで見てきたのでわかっている。次の絵本の出版も近づき、眠る時間を満足に取れない日もあるようだ。

それに、正一にだって転勤の可能性はある。希望を尊重してくれる地域ではあるけれど、教員がひとつの勤務先に長く留まることはできないのだ。

そもそも、いい大人がいつまでも一緒にいられるはずもない。

考えるまでもなく当然のことなのに。

それに東京なんて、大人になっている今ではそれほど遠い場所ではない。電車と飛行機を使えば、ほんの数時間だ。海外に移住するわけでもないのに、なにをここまで思い悩んでいるのだろうか。

やはり応援しよう。友人として祝うべきだ。

——だけど、輔が東京に行ったら、もう三郷村には帰ってこないかもしれない。

どれだけ考えても、けっきょく同じ場所に辿《たど》り着いた。輔と離れるのはさみしい。友人として輔の夢を応援するべきだ。けれど、輔は二度と戻らないかもしれない。そしてまた振りだしに戻る。

本人に確認すれば済む話なのに、訊こうとするたびに怖気《おじけ》づいてしまい、このざまだ。ひとりでぐるぐるぐるぐる悩み、悩むほどに出口が見えなくなっていく。

もういい、本人に聞こう。

正一は自分に言い聞かせるように心の中で呟《つぶや》いた。どれだけひとりで考えても無意味だ。事実がはっきりしなければ答えも見えない。

正一は気合いを入れ直し、目の前の佳弘に笑いかけた。

「今から、全部食べるんだよ」

そう言って、まったく減っていないおかずの碗を手に取る。注《つ》がれてからかなり時間が経っているため、底のほうまですっかり温《ぬる》くなっていた。

佳弘が不満げに頬をふくらませる。

「くれないんなら、残さないでちゃんと食えよな！」

これではどちらが生徒なのかわからない。

正一は苦笑しながら、おかずに箸《はし》を伸ばした。


作業小屋には今夜も明かりが灯《とも》っていた。

日暮れの早い季節だ。太陽はすでに稜線の向こう側に沈み、辺りは暗くなっていた。乾いた風がかさりと通り過ぎ、正一は肌《はだ》寒さに身を縮める。

いつもより早めに残業を切り上げて、その足で犀川家に向かった。基本的に抱えた仕事は翌日に持ち越さない主義だが、輔の東京行きが気になって、いてもたってもいられなかった。学校に残ったところで、きっと集中できないだろう。

「輔？　いるのか」

軽くノックをして、返事を待たずに小屋に入る。予想したとおり、中には輔の姿があった。よほど作業にのめり込んでいるのか、正一が入ってきたことにも気づかず、黙々と粘土細工に着色を施している。

正一は椅子《いす》に腰かけ、しばらくその後ろ姿を眺《なが》めていた。真剣な雰囲気で作業を続ける輔の背中に、なぜだか目元が熱くなる。輔の想いが彼の手を伝って、誰の目にも見えるかたちへと昇華されていく。そしてその人形が輔の自分に対する想いを表現したものなのだと思うと、こらえきれない切なさが溢れだした。

——その背中に手を伸ばしたら、どうなるのだろう。

ふいに輔が立ち上がり、正一のほうを振り返る。ようやく正一の存在に気づいたようで、目をまるくして、それから笑ってくれた。

「いつから見てたんだ？　全然気づかなかった」

のんびりと目元をやわらげて、輔が問いかける。正一はハッと正気に戻り、一瞬で頬を赤く染めた。なにを考えているんだと、膝《ひざ》の上できつくこぶしを握る。

「今、来たばかりだから」

「そっか。気づかなくて悪かったな」

「こっちこそ取り込み中にごめん。……また、今度出直そうか」

正一が腰を上げると、輔は欠伸《あくび》まじりに思いきり伸びをした。

「いや、ちょうど休憩しようと思ってたところなんだ。ちょうどいい。ちょっと付き合ってくれよ」

そう笑う輔の目が赤いことに気づく。

「あんまり眠れてないのか？」

「ああ、今はちょっととな。収穫は終わったけど、なーんか忙しくて。なかなか時間が取れないんだよなぁ」

「……やっぱり、仕事をふたつも持ってると厳しいのか？」

正一は遠まわしに探りを入れる。しかし輔は肩を回しながら「どうだろうなぁ」と返すだけだった。知りたい答えはわからない。

輔は作業机に置かれた煙草《たばこ》を手に取り、火をつけた。よほど疲れているようで、いつもは冗舌な輔がなにも話さず、目を閉じてただ紫煙を吐きだしている。このまま輔が東京に発ってしまったら、こんな時間もなくなるのだ。

そう思い、はっきり恐怖を感じた。

去年までは正一のほうがこの村を出ていたけれど、それでも帰ってくれば必ず輔の顔があった。それは正一にとってあまりに当然のことで、それがいつかなくなるかもしれないなんて、考えもしなかった。

輔はこの村に、自分のそばにいて当たり前だなんて。

それぞれひとりの人間で、たんなる友人ならば、そんな保証があるはずないのに。

ふと、すぐ手前の棚に並べられた人形の中にひとつに、目が留まった。古びた小さな人形たちに紛れて、それはこちらを見上げていた。思わず手に取り、息をのむ。

白い鱗《うろこ》。紅くまるい目。翼《つばさ》はない。

小さな竜の人形だ。

子供のころに輔が作ってくれた、幸いの竜だった。

こいつがいれば、東京なんてひとっ飛びなのにね。幼い輔の声がする。ずっと、ここにいたのか。紅い目とやわらかな感触に、一瞬であのころに引き戻された。輔だけがこの村で唯一の居場所だった、あのころに。

手の中の人形を呆然を見つめる。

けれど幸いの竜は、正一ではなく、輔を、——輔だけを東京に連れていくつもりなのだ。遠くへ。なにが幸いの竜だ。手のひらに収まるほどのほんのちっぽけな人形が、今はひどく憎らしかった。

——輔は、それで平気なのか。

唐突に、激しい苛立《いらだ》ちに襲われて手先が震えた。

「……東京に行くって本当なのか？」

「え？」

「アニメを作る会社に行くって。この前、優ちゃんから聞いた」

小さく震える正一には気づかず、輔は白い歯を見せて笑う。

「ああ、そうなんだよ。来月の頭には出発する予定」

「来月？」

「正直、今になってもまだ信じられないんだけどな。なんかトントンと話が進んで」

わずかにはずんだ声が、耳の奥に鈍く響いた。

眩《まぶ》しそうに目を細める輔の表情から、どれだけ東京行きを待ち望んでいるのかが窺《うかが》える。

いつもは飄々《ひょうひょう》としている輔が、今はどこか誇らしげに見えた。

「正一には言ってなかったっけ？」

平然と告げる輔の声が、心を逆撫《さかな》でする。体裁や見栄や意地や、そうした心の真ん中をくるんで隠す殻が、ひと撫でされただけでたやすく剝《は》がれ落ちた。もろくなった心の隙間《すきま》から、剝《む》きだしの感情がどろりと溢れる。

「……聞いてない」

「正一？」

「なにも聞いてない！　どうして言ってくれなかったんだよ？」

激昂《げっこう》して突然声を荒らげる正一を、輔はぽかんと見返している。

正一はたまらず立ち上がり、輔に詰めよった。輔も慌てて煙草を灰皿に置き、腰を上げる。

「行くなら行くで、もっと早くに教えてくれてもいいだろう？　それを、言ってなかったか、なんて。……なんだよ、それ」

「ちょっと、――落ち着け、正一」

「俺は落ち着いてる！」

小屋に正一の怒声が響く。

正一自身、なぜ自分がこんなことを言っているのか気持ちを整理できていなかった。怒りが際限なく湧《わ》いてきて、抑えられない。輔が自分になにも告げずにこの村を出ようとしていることがどうしても許せないのだ。

今までずっと、自分のことを好きだと言っていたくせに。

そんな考えが正一の頭に浮かぶ。好きな仕事のためならあっさりと捨て去ってしまえるような、その程度の想いだったのか。自分がどれほど理不尽なことを考えているのかを知りながら、それでも腹が立ってしかたなかった。募る苛立ちと焦りにのまれてしまう。

正一はこれまで、輔の好意を持て余していたはずだった。それなのに今は、まったく背中合わせの感情が正一の胸を埋め尽くしていた。その矛盾に構う余裕もない。

東京に行って才能を発揮することが、輔にとってどれだけ価値のあることかはわかっていた。それなのに、「頑張ってこい」のたった一言が、どうしても言えなかった。自分の中の汚い部分がすべて、どろどろに溶けて口から溢れてくる。

止まらない。

「おまえの好きなんて、……所詮その程度かよ」

口をついて、そんな言葉が出てきた。

「好きだなんて言って、さんざん俺を振りまわしてきたくせに。けっきょく、その程度の気持ちなんじゃないか」

輔は言葉もなく、ただ正一の目を見下ろしていた。その顔からすっと熱が冷めていくさまが、正一の瞳にはっきりと映る。

それを、と呟く輔の声が乾いていた。

「それを、おまえが言うのか」

初めて聞く低く尖《とが》った輔の声に、正一の体がびくりとすくむ。

「……だって、そうだろ？　本当に好きなら、もっと早くに東京に行くって、教えてくれてもいいはずだ」

「おまえはいったい、俺にどうしてほしいんだ？」

眉間《みけん》を指先で揉むようにして、輔が言う。その眉間には、くっきりと深く皺《しわ》が刻まれていた。よほど怒っているのだろう。――当然だ。

「俺が好きだと言えば逃げる。そのくせ、そうやってこっちの愛情を計ろうとする。それなら、俺はどうすればいい？」

「知るかよ！」

正一はそう叫び、輔の胸ぐらにつかみかかった。至近距離で自分よりも背の高い輔を見上げ、にらみつける。

「自分でもわからないんだよ！　どうすればいいかなんて、こっちが聞きたい」

言いきるのと同時に、感情がまるくふくらみ、はじけた。

温く湿った感触が頬を伝う。泣いているのだと、一拍遅れて気がついた。どうして。わけもわからないまま、ただ、滴《しずく》が何度も皮膚《ひふ》を滑って落ちていく。

「……教えてくれ。俺こそ、どうしたらいいんだ？」

「正一……」

たまらず嗚咽《おえつ》する正一の濡《ぬ》れた頬を、輔がその手で拭った。分厚くごつごつした指先に、なぜだか震えた。真剣なその眼差《まなざ》しにも声が出ない。

「素直になればいい。おまえがしたいようにするだけで、それだけでいい」

「したいように……？」

「そう。簡単だろ」

輔はすこしだけ笑って、正一に顔を近づけた。唇《くちびる》まであと数センチの距離で、しかし、ぴたりと止まる。正一は息をのみ、輔の薄い唇を見つめた。胸の鼓動が高鳴り、指先までピリピリと緊張で震える。

——したいように。

頭の中でそう繰り返し、正一はほんのわずかに顎《あご》を上げた。そして輔の唇に、自分の口を近づける。

けれど触れ合う直前、正一は輔の体をぐっと押しのけた。

「だめだ」

輔の胸元から手を離してうつむく。

「やっぱりムリだ。俺にはできない」

「どうして」

輔が苦しげにそう呟く。

「だって、俺もおまえも男じゃないか。こんな小さな村で、どうすればいいんだ？ ……周りに知られたら、どうするんだ？ 俺には母さんもいるし仕事もある。おまえにだって家族がいる。最初から、俺たちがどうにかなるなんて無理なんだよ」

「いい加減にしてくれ！」

正一の言葉を遮って、輔が大声を上げた。

「正一はいつもそうだ。家族がいる、仕事がある、男だから、そんな建前ばかりを気にして、自分の気持ちに向き合おうとしない」

肩を強くつかまれ、正一はうつむけていた顔を上げた。輔の目がひどく昏《くら》くて、見ているだけで胸が詰まる。

「……高校のときもそうだった。おまえはただその気持ちから逃げたい一心で、俺に女を紹介しただろう」

「そんな、昔の話だろ」

「昔のことだから時効だとでも言いたいのか？　あのとき、俺がどんな気持ちだったか、おまえにわかるか？」

「でも、……輔はその子と付き合ったじゃないか」

それは、と輔が切なげな声を漏らす。

「おまえがそれを望んだからだ！　そうすることでおまえが安心してくれるなら、……そうしないとおまえのそばにいられないなら、あのとき他に方法なんてなかったじゃないか！」

「輔」

今になって輔の本心を知り、喉《のど》の奥が切なく引きつった。

違う。

本当はあのころだってわかっていた。輔が自分を好きなことくらい。それを望む正一のために、無理をして彼女と交際していたことくらい、理解していた。

それでも、そうすることしかできなかった。

「正一は卑怯《ひきょう》だ。それなのに好きで、好きでどうしようもない。俺のほうこそ聞きたいよ。どうして俺は、おまえじゃなきゃだめなんだ」

輔、と呟いた正一の瞳から、もう一度、涙が溢れた。とめどなく零れ落ちる涙を、今度は拭ってもらえない。

「だけど、俺は、おまえの気持ちに応えるわけにはいかない」

「それなら、……そんなに周りの目が気になるなら、一緒にこの村を出るか？」

「……え？」

「なんなら、おばさんも一緒に。これでも、ふたりの面倒を見るくらいの甲斐性はあるつもりだ。絵本のほうも、たぶんおまえが思ってる以上に順調だし、この村を出てもなにも心配ない。おまえはただ、うなずいてくれるだけでいい」

「なんで男の俺が、おまえの世話になんか」

「じゃあ、他に方法があるのか！」

輔の怒声に、正一の肩がびくりと震える。

「このままこの村にいたら、おまえはずっと変わらないんだろう？　自分の気持ちを認めずに、……おまえは、彼女と一緒にいた俺を見て、自分がどんな顔をしてたのかわかってるのか？　自分が勧めたくせに、傷ついた顔で」

「なに、言ってるんだよ。そんなわけ……」

すべてを見抜くような輔の鋭い眼差しに、正一の体がすくんでしまう。

肩に置かれた手の力が強くなる。食い込む痛みに、正一は小さく眉をよせた。その手がかすかに震えている。輔の顔が、苦しげに歪《ゆが》む。

「してたんだよ。……だから本当は、おまえが自分で気づいてくれるまで待つつもりだった。

だけどもう、これ以上は待てない」

「輔」

「俺の気持ちが迷惑なら、はっきりそう言ってくれ。おまえなんか好きじゃないって、今、俺の目を見て、おまえの言葉で聞かせてくれ。そうすれば諦める。……もう二度と、好きだなんて言わない」

輔の絞りだすような声に、正一は息をのんだ。

好きではないと、きちんと自分の口で伝えなければ。

正一はそう思い、口を開こうとする。けれど声が詰まり、どうしても言葉にならなかった。喉の奥で、感情が空まわる。輔は友人だ。そうでなければいけない。自分の中にある輔への思いだって、友情なのだ。恋なんかじゃない。

正一は数えきれないほど、何度もそう確認しつづけてきた。今の穏やかな日々を壊すことは、――輔との関係が今と変わってしまうことは、正一にとってなによりも恐ろしいことなのだから。

だから早く、輔に言わなくてはいけないのに。

「輔、俺は……」

どうにかそう口にするが、正一はたまらず輔から目を背けてしまった。力なく、足元に目線を落とす。ぼんやりと足元を見つめる正一の肩から、輔の手が離れた。

「わかった。……もういい」

輔はそれだけを呟き、くるりと正一に背を向けた。そしてほとんど灰になった吸いかけの煙草をくわえ、椅子に座って作業机に向かう。

「……輔？」

「作業に戻るから、帰ってくれ」

温度のない乾いた声で言われ、正一はついその背中に手を伸ばしそうになる。意思の力でどうにかこらえ、無言のまま輔の後ろ姿を見つめた。正一は身じろぎひとつできず、しばらくの間その場に立ち尽くす。

しかしその背中に明らかな拒絶を感じ、ゆっくりと踵《きびす》を返した。出口に向かう。小屋の扉《とびら》に手をかけるのと同時に「正一」と声をかけられた。正一は跳ねるように振り返る。

「もうここには来るな」

輔の声が、正一の心を容赦《ようしゃ》なく切り裂いた。

うなずくこともできず、正一は逃げるように小屋を後にする。バタンと閉じた扉の音は、正一を拒む輔の心のようで、振り返ることすらできなかった。

――俺は輔を失ったのか？

ふいに硬く握り締めていた手の中に違和感を覚え、竜の人形を持ったままだったと気がついた。あまりにも強くつかんでいたものだから、尻尾《しっぽ》の先が欠けている。取れてしまった部分は崩れてかたちをなくし、乾いた砂のようになっていた。輔を失った今、こんなものがあったってどうしようもないのに。

それでも縋るように、手の中の小さな人形を握り締めた。

脳裏《のうり》に浮かぶ輔の顔は、いつものようにのんびりと笑っていた。


十月も終わりに近づき、気づけば輔の東京行きは目前に迫っていた。

日に日に冷たくなる空気に体を縮め、正一は村の大通りを歩く。

その一角にある小さな商店の前で、肩をよせ合っているふたりの少年の姿を見つけた。蓮と佳弘だ。店の前に展開された雑誌コーナーで、週刊少年誌を立ち読みしている。もうじき日が落ちるというのに、ランドセルを背負ったままだった。

隣で馬鹿笑いする佳弘とは対照的に、蓮はあいかわらずの醒《さ》めた眼差しで、その内容を追っている。

「こら」

ふたりの背後に立って声をかける。ふたりが同時に正一のほうを振り返った。

「こんなに遅くまで、家にも帰らないでなにしてるんだ」

「……買うかどうかチェックしてるだけ」

佳弘が頬をふくらませて減らず口を叩く。それから「どうしようかなぁ」と、ナイロン製のコインケースを覗き込んだ。

「やっぱ買ってくる！」

佳弘は蓮に向かってそう言い、雑誌を手にして店内に走っていった。すっかり仲よくなったふたりの様子に、正一は目を細める。

これも輔のおかげだとそんなことを思い、胸にずきりと痛みを覚えた。

あれから、輔とは連絡すら取っていない。このまま毎日を過ごせば、本当に疎遠になってしまうだろう。同じ狭い村で暮らしていても、互いに会おうとしないだけで、これほど簡単にふたりの縁は切れてしまうものなのだろうか。さみしさよりも呆気《あっけ》なさを感じ、なんだかすこし笑えた。

輔が東京に行けば、こんなふうに想いわずらうことも、きっともうない。

輔のことを思いだしてばかりの自分に、正一は深くため息をつく。いったいどうすればよかったのかと考え、考えたところでどうしようもなかった。

ふと、蓮がこちらを見上げていることに気がついた。正一は慌てて顔にほほえみを貼りつける。

「どうした？　先生の顔になにかついてるか？」

蓮はふるふると顔を横に振る。

「先生、最近、うちに来ませんね」

思いもよらない蓮の言葉に、正一の背筋が冷えた。

「先生の顔を見てないからさみしいって。ちょうど今朝、そう言ってたから」

「……輔が？」

「お母さんが」

「あ、ああ、そうか」

今も輔が自分に会いたがっていると、そう期待していることを自覚して、また傷ついた。傷つく権利なんてあるわけがないのに。

最近輔はどうしているかと口をついて出そうになるが、どうにかその言葉をのみ込んだ。万が一にもそれが輔に伝わったらと思うと、どうしようもなく怖かった。

「前の学校にもありました」

そう話す蓮に、正一は首をかしげる。

蓮が指で示した店のガラス棚には、『しょうちゃんとサイゾウ』の絵本が並んでいた。

「叔父《おじ》さんの絵本。お母さんが学校にあげたからなんですけど」

「優ちゃんらしいな」

優ならいかにもやりそうだ。正一は蓮に笑いかける。

「図書館に置いたらすぐに人気になって、いっつも貸しだされてました。だからたまに、おれのほうに貸してほしいって言う人もいて」

そう言う蓮の顔はどこか誇らしげで、正一はすこしだけ驚いた。

三冊並べて陳列された絵本から、正一は思わず目を伏せる。日用品しか取り扱わないような小さな商店にも並ぶほど、輔の絵本はこの村でもてはやされていた。絵本の話をするときの村人の顔は、たいてい得意気だ。

「『しょうちゃん』か……」

「え？」

「あ、いや」

思わず暗い声を出してしまった。正一はハッとする。

隣に立つ蓮は、いつもの無表情で正一の顔を見上げていた。子供の前で素に戻ってしまうほど体面を保てなくなっている自分に、焦りを感じてしまう。

正一の声に絵本への複雑な思いを感じ取ったのか、蓮が疑問を口にした。

「先生は、『しょうちゃん』が嫌いなんですか？」

「まさか。——ただ、ほら、絵本の『しょうちゃん』は、ちょっと情けないだろ？　一応モデルとしては、作者に文句も言いたくなるんだよ」

冗談っぽくそう話す正一に、蓮はきょとんとした目を向ける。

そして、どことなく残念そうに口を開いた。

「だけど、叔父さんは『しょうちゃん』がすごく好きだって」

蓮の言葉に、正一は声を失う。

弱虫でも、と蓮がまっすぐこちらを見上げる。

「いつも言ってます。だから、『しょうちゃん』の絵本を作ってるんだって」

そう蓮が言い終わるのと同時に、買ったばかりの雑誌を手にした佳弘が店の中から飛びだしてきた。佳弘はぺこりと正一に頭を下げる。そして、行こうぜ、と蓮の手を引いて跳ねるように走り去っていった。

正一はひとり残され、ガラス棚の中にある絵本を見下ろす。

『サイゾウ』と並んで笑う『しょうちゃん』と目が合い、ふいに、声が聞こえた。自分の声だった。ほんの一瞬だ。あれほど大切だと思っていた体裁やごまかしが、ぼろぼろと剝がれ落ちて消えてしまった。

――離れたくない。

――顔を見たい、声を聞きたい。

――輔のことが好きだ。

単純で明快な答えだった。とっくにわかっていたのに受け入れることができなかった感情が、すんなりと正一の心に響く。

それはすでに、友情なんて越えていた。同性だとか家族だとか、そういった理由をひとつひとつ数え上げて、湧き上がる気持ちを必死に抑えつづけてきた。だけど無理だ。もうごまかすことなんてできない。

そんなことをしなければいけないという時点でそれは、もうとっくに愛だ。

わかっていたのに、正一はあえてその気持ちから目を逸《そ》らしつづけてきた。絵本の中の『しょうちゃん』と同じだ。自分の怯《おび》えにばかり目を向けて、美しい世界を見ようとはしなかった。目を開ければ、いつだって輔がいてくれたのに。

それなのに、自分は輔の気持ちを軽く扱って、そこから逃げだすことばかりを考えていた。罪悪感で胸が潰れそうだ。輔に同級生を紹介したあのころもそうだった。正一は輔への想いから逃れたくて必死だった。

好きでたまらず、特別すぎて、どうしていいのかわからなかった。輔の愛情からではなく、自分自身が輔に対して抱くその劣情が、怖くてしかたなかったのだ。

輔の隣に立つ女の子の笑顔に、正一はいつだって痛みを感じていた。それでも胸の痛みよりも、自分の心に深く根づいた、その恐ろしさから逃げることに夢中になっていた。

それは同性の友人に対して浅はかな想いを抱くことへの罪の意識、そしてそれが周囲に知られてしまったらという、底知れない恐怖だ。幼いころに向けられた奇異の目に晒《さら》されることを思うと、どうしても踏みだせなかった。

輔と過ごす日常を、失いたくなかったから。

正一は絵本から顔を上げ、輔の家のほうへと目を向けた。深く息を吐く。すこしの間店の前に立ち尽くし、ようやく足を踏みだした。

歩みを進めるたび、歩道の端に掃きよせられた落ち葉がかさりと音を立てた。鼻先を掠《かす》める金木犀《きんもくせい》の甘い香りが心地いい。

見渡した景色が、いつもよりも鮮やかに見えた気がした。

5

あいかわらず閑散とした三郷駅に、よく見知った後ろ姿を見つけた。

輔はホームに並んだベンチに座り、まじめな顔で手帳を覗き込んでいた。そんな姿に、正一は思わず目をしばばたたかせる。

輔の外見が、いつもとずいぶん違っているのだ。

トレードマークである無精髭《ぶしょうひげ》を剃《そ》って、髪型も服装も、きれいにまとめていた。細身ですっきりした黒のジャケットがよく似合っている。都会に住むデザイナーみたいだなと考え、これから本当にそうなるのかとすこし笑ってしまった。今は仕事柄作業着ばかりだけれど、学生時代はこういう服装が多かった気がする。

懐かしく思いながら、輔の元へと近づいた。

「今日は、山男じゃないんだな」

正一が声をかけると、輔が振り返ってわずかにその目を見ひらいた。正一が見送りに来るとは思ってもいなかったのだろう。

「かっこいいよ」

正一はそう言って、輔の隣に座る。昼前のホームだというのに、輔の他には片手で足りるほどの乗客しかいない。

「俺はいつでもかっこいいけどな」

久しぶりに聞く輔の軽口に、不覚にも目元が熱くなった。好きだな、と素直に思い、今さらながら胸がときめく。

輔の家の作業場で衝突したあの日から、ほんの二週間ほどしか経っていない。それでも正一自身、輔に会いにいくことにひどく緊張していた。冷たくあしらわれてもしかたがないと、さすがにわかっていたからだ。だからこそ、輔のなんでもない態度が、胸が詰まるほど愛《いと》しかった。

「わざわざ見送りに来てくれたのか？」

「ああ、優ちゃんに聞いて。……急に来てごめんな」

「いや、嬉《うれ》しいよ」

今となっては社交辞令とも取れるその言葉に、正一はほほえみを返す。

それから電車が到着するまでの時間を、ふたりは会話も交わさず黙って過ごした。輔は正一の隣で、手にした手帳に静かに目線を落としている。大きめの手帳には、これからの予定らしい文字がぎっしりと書き込まれてあった。さっぱりと見やすい文字は見慣れた輔のものだが、自由な印象の輔が予定に従って行動するなんてしっくりこない。

知らなかった輔の一面に、ふと心細くなる。いつも一緒にいたつもりでも、知らないことはたくさんある。

これから輔が東京に行ったら、それはもっと増えるのだ。

しかしさみしさはあっても、正一の心はもう揺れなかった。輔への好意を認めたとたん、不安定だった気持ちが落ち着いてすっかり覚悟ができていた。

「輔」

振り返った輔に、正一はゆるく握ったこぶしを差しだした。

いぶかしげに目を見ひらく輔の手に、小さな人形を渡す。尻尾の先が欠けた、古ぼけた幸いの竜だ。手のひらに収まる小さな竜を、輔は呆《ほう》けたように見つめていた。

「これって……」

「お守りだよ。その竜がいれば、東京なんてひとっ飛びなんだろ?」

「え?」

「頑張ってこいよ」

どうして正一が持っているのかとその目に訊かれた気がしたけれど、笑うだけで答えなかった。

電車がホームに到着し、ふたりの前でぽっかりと口を開ける。

輔は立ち上がって竜の人形をポケットに突っ込み、荷物を持って乗車口へと歩いていった。電車に乗り込むと、ドアのそばで立ち止まってこちらを振り返ってくれた。いつものんびりとした笑顔に、胸が高鳴る。

正一は軽く息を吐き、手のひらをきつく握り締めた。

電車の中や駅のホームを軽く見まわし、乗客がこちらを向いていないことを確認する。輔に向かって、ちょいちょいと手を曲げた。

「輔、ちょっと」

怪訝《けげん》そうに顔をよせる輔の襟元《えり》をつかみ、正一はぐっと自分のほうに引きよせた。触れるか触れないかのキスをして、輔を解放する。呆気にとられている輔に向かって、「遅くなってごめん」と笑ってみせた。

「正一！　今——……」

輔が我に返ってそう叫んだ瞬間、無情にも電車のドアが閉まる。

「きつくなったら、いつでも帰ってこいよな」

目をまるくして窓に張りつく輔に、正一はそう大声で告げる。ちゃんと聞こえているのか定かではないけれど、それでも正一は声を上げつづけた。

「そいつがいれば、この村にだってひとっ飛びだから！」

なにかを叫んでいるらしい輔の顔が、電車と一緒に速度を上げて離れていく。

多分車掌《しゃしょう》には見られたよなと、正一は気まずさから頬をかいた。しかしすぐに、まあいいかと開き直った。とりあえず、今日は晴れている。きれいな秋空の下を進む電車を見送りながら、正一はこっそりと鼻をすすった。

なぜだろう。輔の行く先も、なんとなく晴れているような気がした。


それからの日々はあっという間だった。

体育祭や収穫祭を控えた多忙な時期でもあり、仕事を終えて家に帰ると、後は眠るだけという日々が続いた。

輔から連絡はなく、こちらからもしなかった。声を聞くとすぐに会いたくなってしまいそうで、まだ覚悟ができていなかったからだ。輔だって、さすがにまだ新しい生活に慣れていないだろう。落ち着いたら、いろいろ話を聞かせてもらえればそれでいい。

話したいことはたくさんある。

輔の新しい仕事のこと、住んでいる場所のこと、周りの人たちのこと、――これからのふたりのこと。

そうして十一月も半ばに差しかかったころ。

ふいに篠田《しのだ》家のチャイムが鳴った。


「いくらなんでも早すぎないか?」

玄関前に立つ輔の姿を、正一は呆然と見返していた。

駅で輔を見送ってから、まだほんの十日だ。たしかに「いつでも帰ってこい」とは言ったけれど、感動の再会というには時間が短すぎる。呆気にとられている正一に、輔が勢いよく腕を伸ばしてきた。ふいをつかれて抱き締められ、すっかり気が動転してしまう。

「お、おい」

「正一、会いたかった」

首元に顔を埋《うず》めてすんすんと匂いをかがれ、正一はくすぐったさに目をつむった。

「おばさんは?」

「……今日も夜勤だけど」

「よし、よかった」

輔はそう言って、さらにきつく正一の体を抱く。

玄関先でなにをする気だと慌てて輔から離れようとするが、あまりの力強さに押し返すことができなかった。

こんな場所では、いつ同じ団地の住人が通りかかるかわからない。しかたなくまとわりつく輔の体ごと玄関の中に後ずさると、体勢を崩してそのまま背中から転んでしまった。輔の大きな体にのしかかられたまま背中を床に打ちつけ、正一はその痛みに顔を歪める。不自由な状態で手足をばたつかせるが、輔はいっこうに正一から離れようとはしなかった。

「輔、馬鹿！　痛いし、……くすぐったい！」

「正一が足りなくて、死ぬかと思った」

しがみついて一向に離れない輔に、正一は「まさか」と顔をしかめる。

「それが理由でこっちに帰ってきたなんて言わないだろうな？　きつかったら帰ってこいとは言ったけど、さすがに早すぎるだろ」

「早すぎる？」

「東京の会社に入社したんだろ？」

体に回された輔の腕の力が、ほんのすこしだけゆるんだ。

「……さっきから、なんの話？」

「おまえの話だよ。アニメ会社に就職して、東京に引っ越したんじゃなかったのか？」

輔は正一の首筋から顔を上げ、いぶかしげそうに眉をひそめた。しばらく逡巡《しゅんじゅん》したあと、

「なるほど」と納得したように苦笑を浮かべた。

「つまり正一は、俺がクレイアニメの会社に入るために、東京に引っ越したって、そう思ってるんだな？」

「違うのか」

次の瞬間、輔の肩がぶるぶると震えだした。

こらえきれないというように、輔が声をころして笑っている。

「それ、正ちゃんの勘違い」

「え、でも！」

「『しょうちゃん』シリーズがアニメになるから、その関係で、しばらく東京に行ってただけだよ。平日の夕方、五分間だってさ」

「それは、輔が作るんじゃなくて？」

「んにゃ、べつのスタッフさん」

「東京には？」

「引っ越さない」

飄々とした口調で言われ、正一は愕然《がくぜん》とする。

それでは、ぜんぶ自分の誤解だったというのだろうか。全身からへなへなと力が抜ける。

ひとりで勝手に勘違いして、それで輔に対して八つ当たりのような態度を取ってしまったなんて、顔から火が出そうだった。しかもその輔の腕の中にいるのだから、恥ずかしさといたたまれなさで身悶《みもだ》えしてしまう。

正一は恥ずかしさをごまかすように、声を荒らげた。

「しかたないだろ！　会社に誘われたなんて聞いたから、つい！」

「そういや、姉貴もしばらくそんな勘違いしてたっけ」

輔がおかしそうに笑う。

「でもまあ、アニメにしたいって制作会社に誘われたのは本当だからな。っても、話自体が出たのは結構前のことだし、制作もとっくに始まってるけど」

「田んぼのことでも、おじさんと揉めてたって」

「俺が不在の間、どうするかってことな。親父、未《いま》だに俺が粘土弄《いじ》るのに反対してるから、いちいち口うるさいんだよ」

こいつには口では勝てないと、正一は赤面したまま顔をしかめた。渋面のまま見上げると、

「だけど、なるほどなぁ」と、輔がにやりと笑った。

「まさか、正一がねぇ」

「……なんだよ」

輔がにやけ顔で、正一を見下ろしてくる。気恥ずかしさから、正一は目を合わせないようにと明後日のほうを向く。

「まさか、俺と離れるのがいやでヒステリーを起こしちゃうとは思わなかったからさ。そんなに俺のことが好きだとはなぁ」

「は、はぁ？」

正一ははじかれたように反応してしまう。

「調子に乗るなよ、誰がそんなこと言った？」

「あれ、違うの？」

輔が大げさに目をまるめた。

「それなら、なんで駅でキスなんかしたんだよ？」

不意打ちで切り札を出され、ぐっと正一が言葉を失う。

「それとも正一は、友達なら誰にでもキスするような変態なのか？」

「そんなわけあるかよ」

「じゃあ、どうして？」

真剣な表情で唇をなぞられて、正一の心臓がばくばくと激しく脈打った。口を開こうにも高鳴る鼓動が邪魔をしてうまく言葉にできない。しかし輔は、正一がその言葉を口にするまで許す気はないようだった。

輔はじっとこちらの目を見下ろしたまま、すこしも動こうとはしない。

ああ、もう、と舌打ちし、正一はこわばる唇をどうにかほどいた。

「……おまえのことが好きだからだよ」

今にも消え入りそうな小さな声だ。早口でまくし立てるように言うと、輔が熱のこもった瞳で正一の顔を見つめてきた。

「もう一回言って」

「は？」

「よく聞こえなかった。もう一回」

「好き、だよ」

「もう一回」

「好き」

「もっと」

「……もう、いいだろ」

「まだだよ。ずっと好きだったんだ。――こんなんじゃ全然足りない」

正一の体をふたたびきつく抱いて、輔が囁《ささや》く。

その目に一気に欲情の火が灯った。次の瞬間、熱く燃えるようなキスをされる。

一瞬、びくりと体が震えるが、正一はみずから輔のキスに応えた。輔の舌が、深く正一の口内に入り込んでくる。水音を立てて舌を吸われ、粘膜を荒々しく愛撫《あいぶ》された。

輔のキスに、意識がうっとりと霞《かす》んでいく。

口腔《こうこう》を激しくまさぐられ、輔がどれほど自分を渇望しているのかがわかった。口の中すべて、あますことなく舐《な》め尽くされる。抉《えぐ》るように上顎を舐められると、甘い痺《しび》れが全身を駆けめぐった。体に仄《ほの》かな熱がくすぶっていく。

輔への気持ちを認めたせいだろうか。今日の輔のキスは、今までに与えられたどのキスよりも正一の体を熱くさせた。

「は…、っん」

唇と唇がぶつかり合い、漏《も》れでる吐息が互いの肌にぶつかった。きれいに髭の剃られた輔の頬を両手で包み、正一からも貪るようにキスを求める。廊下の床に押しつけられた背中が痛むけれど、今はそんなことはどうでもよかった。先ほど、正一が足りないと言っていた輔の言葉を思いだす。俺だって、と心の中で呟いた。――俺だって、輔が欲しくてたまらなかった。

突然、扉の向こうから足音が聞こえてきた。外の階段を上っているようだ。正一はぎくりとたじろぐ。ここがどこかも忘れて、輔とのキスに没頭していた。玄関先でなにをと、急に恥ずかしくなる。

口づけに喘《あえ》ぎながら、正一はどうにか口を開いた。

「た、輔、ベッドに……、頼む」

キスの合間をぬっての懇願に、輔の体がくの字に折れ曲がった。

「輔？」

「……まさか、おまえの口からそんな言葉が聞ける日が来るとは思わなかった」

正一の肩に顔を埋め、輔は呻《うめ》くように呟いた。たった今、自分が口にした言葉を認識し、その意味にさらに赤くなってしまった。

「そういう、意味じゃ」

たどたどしい言い訳は、輔のキスで封じられる。ちゅっとついばむような口づけを重ねながら、輔が嬉しそうに笑った。

「正一、かわいい」

「かわいいって、なに……」

「だけどごめん、ベッドに行く余裕なんてないわ」

そう言ってシャツをたくし上げられ、胸の突起に輔の手が伸びてきた。薄く色づくそこを指先で捏《こ》ねるように愛撫される。

「——あ、っん」

甘ったるいむず痒《がゆ》さに喘ぎが漏れた。

「その代わり、めちゃくちゃ気持ちよくさせてやるから」

「こ、こじゃ、いやだって、……んう」

言葉のとおり余裕がないのか、輔はやけに強引だった。声を奪うように口づけられ、その手の熱さに震えることしかできない。キスと同時に与えられる胸への刺激にも、正常な判断が失われていった。

初めはくすぐったいだけだった感覚が、やがてじわじわと波のような快感に変わっていく。擦られるたびに敏感になり、輔の指をよりはっきりと感じるようになる。時折ちくりと曖昧《あいまい》な痛みも混ざって、息がはずむ。

平らな胸を誰かに刺激されるなんて初めてのことで、気持ち的にもひどく興奮した。輔とのセックスは、未知の快感に溢れている。胸を刺激されて身悶えるだなんて、考えたこともなかったのに。

シャツをまくられ、正一の薄い胸に輔の唇が落ちてくる。

ぷくりとふくらんだ粒を舌先で器用に転がされると、濡れた感触と面映《おもは》ゆさに体が震えた。たっぷりと唾液《だえき》を含んだ舌で味わうように舐《ねぶ》られ、同時にもう片方の乳首も指で刺激される。

輔の熱と冷えた床との温度差さえ疼《うず》きに変わる。

輔の手が胸を離れ、下肢《かし》へと下りていく。スラックスの前をくつろげて、その中に直《じか》に触れてきた。

「……っつ」

もっとも敏感な場所を輔の手で包まれ、全身に電流のような刺激が走る。すでに張り詰めようとしている性器を、そのままゆるゆると扱《しご》かれた。下肢に残った衣服に輔の腕がぶつかり、徐々に下がっていく。

下着ごと一気に取り払われ、すべてが輔の目に晒された。

輔に見られるのはもう二度目だというのに、すこしも羞恥《しゅうち》は薄れない。むしろ、以前よりもより激しく赤面してしまう。

「正一、もう我慢できないんじゃないか？　すっごくいやらしいよ、ここ」

湿った先端を指ではじかれ、正一はひっと息をのむ。

「…あうっ」

「溢れて糸引いてる。どんどん出てくる。すごい」

「も、うるさ、い、馬鹿」

たまらず顔を背ける正一の中心を、輔は躊躇《ちゅうちょ》なくその口にくわえた。口に含んだまま、しなる茎に舌を這《は》わせる。

「た、輔っ、……やめっ」

手でされるのとは段違いの快感に、正一の背中がびくりと仰け反った。熱く濡れた舌で直接刺激され、双果も一緒に揉みしだかれた。手と唇で与えられる刺激の激しさは、許容範囲を超えている。

強すぎる快感に、正一は逃げ場を求めてがくがくと頭を振った。

「あ、んっ、輔！　そこ、だ、…だめだっ」

体を捩《よじ》って刺激から逃れようとするが、中心を輔に捉えられている。与えられる悦《よろこ》びに体をしならせることしかできず、限界まで追い上げられた。

輔は正一の性器を浅く深く吸い上げていく。唇と舌で丁寧に擦られると、もうどうしようもなかった。濡れた音が激しくなり、鼓膜からも犯されている気分になる。激しすぎる快感に、正一の意識が白く霞む。

迫りくる絶頂への波は、理性で抑えられるものではない。

「あ、あぁっ、…もうっ！」

びくんと大きく体を跳ねさせ、正一は精を吐きだした。

腰を引く間もなく輔の口内に吐精してしまい、その後も二、三度体を震わせる。輔は正一の白濁を飲み干し、まだ震える性器をきれいに舐め取った。

「美味でした」

にやりと笑われ、正一の顔が真っ赤に染まる。

「……そんな、わけ、ないだろ」

射精後の充足感に喘ぎながら、涙の滲んだ目で輔をにらみつけた。輔は余裕の表情で受け流し、正一の足を持ち上げて高い位置で折り曲げさせた。

「っつ、う」

輔の指が、大きく晒された窄《すぼ》まりに当てられる。

挿入する瞬間身構えるが、二度目ということもあってか、そこは輔の指をあっさりとのみ込んだ。長くごつごつした指を丁寧に動かされ、妙な違和感に息を吐いた。痛みはない。ただ、焦れったかった。

曖昧な感触に胸を喘がせる正一に、輔はくすりと笑ってキスをした。

「この前より、すこしは楽なんじゃゃない？」

「し、……知る、かっ」

こんなときでも飄々として見える輔に腹が立つ。

達したばかりだというのにすぐに温い快感に浸らされて、体がふわふわと浮いているようだった。正一の芯《しん》には依然熱がくすぶりつづけている。とろ火で燻《いぶ》されるような刺激に、徐々に硬さを取り戻していった。

輔の指で責められると、自分でも信じられないほどの欲望が理性の殻を破って溢れだす。ごつごつとした雄々《おお》しいその手が、指が、正一の奥底に眠っていた欲情をあっという間に引きずりだすのだ。

後孔への指を増やされ、その動きを大胆にされた。輔は内部を丁寧にほぐしながら、狭《きょう》隘《あい》を広げていく。

「あっ、あっ、…ん！」

輔の指が前立腺《ぜんりつせん》を掠め、たまらず体がくねった。

そこに触れられると、自分ではどうしようもなく、きゅうきゅうと輔の指を締めつけてしまう。媚肉《びにく》が甘く疼いて、止まらなかった。ひくひくと蠢《うごめ》く後孔と一緒に、正一の息も上がっていく。

しかし輔は軽く触れるだけで、そこを避けるように愛撫を繰り返した。焦れったさに唇を噛《か》む正一に、輔がふっと笑う。

「正一、感じやすいからさ。そう何回も達《い》っちゃってたら、俺が入ったときが大変でしょ」

「……なっ、なに、言って」

「俺も、一度や二度で終われる自信はないし」

耳を疑って輔の顔を見上げると、熱っぽいキスが降ってきた。

欲情にまみれた口づけに、ますます体が火照《ほて》っていく。

「それだけ正一が色っぽいってことだよ」

先ほど果てた中心は、輔の愛撫とキスで、すでに硬さを取り戻していた。

輔は正一の後孔から指を引きぬき、自分もベルトを外す。すでに完全に屹立《きつりつ》した猛《たけ》りを取りだし、正一の窄まりにあてがった。

「力、抜いてな」

「ひっ……、ん！」

ぐっと猛りを押し込まれ、正一は声を失う。

指と輔の雄とでは、比べものにならなかった。じわじわと体内に迫る圧迫感に、正一はたまらず目をつむる。

「っ、…ん、くっ、う」

しかし、穿《うが》たれながら同時に前を擦ってもらうと、後孔の痛みが快感で紛れた。

輔の欲望をすべてのみ込み、正一は強すぎる充溢感《じゅういつかん》に肩で息をした。正一だけではなく、輔の顔も切なげに歪んでいる。

欲望に濡れた吐息《といき》を漏らす輔に、正一はどきりと胸を高鳴らせた。うっすらと汗を滲ませた輔の表情は、男の色気に満ちている。吐息も汗も、匂い立つような魅力を放っていた。まだ動いてもいないのに、後孔がひくりと震えてしまう。

「……っつ」

輔は眉間に皺をよせて、苦笑した。

「まだ、入れてるだけなんだけど」

「し、しかた、ないだろ」

「やらしい正ちゃんなんて大歓迎だけどね」

誰が、と反論しようとするが、輔が抽挿《ちゅうそう》を始めて声にならなかった。正一の中にみずからの雄を馴染《なじ》ませるよう、輔はゆっくりと緩慢な動きを繰り返す。猛った雄と擦れ合うほどに、媚肉はさらに激しく疼きはじめた。

「あ、んう、……あっ」

輔に腰を打ちつけられ、切っ先で抉られる感触に背中が仰け反った。ぐいぐいと割り開かれる強引さにも、胸が震えた。繋《つな》がっている部分から湿った音が響く。すこしずつ抽挿の速度が上がり、慣らすための動きから快感を求めるものへと変わっていく。

正直、こんな場所で繋がることができるなんて、可能だとは思っていなかった。狭い後孔で猛った男の欲望を受け入れることも、そこで快感を得ることも、これまでの正一からは遠すぎて信じられないのだ。

しかしこうして輔と繋がっていると、深い結合にただただ喘ぎが漏れた。輔の屹立で体の奥を突かれ、激しい嵐のような快感に意識をさらわれる。輔に求められる悦びに、体も心も熱く疼いていた。

その途方もない快感に、正一は翻弄されることしかできない。

「や、あうっ、……ん、たす、くっ」

焦らすように浅く律動したかと思うと、次には追い詰めるように激しく責め立てる。狂おしいほどの快楽の波に、とても自分を保つことができなかった。荒々しく最奥まで抉られて、正一は縋《すが》りつくように輔の背中に手を伸ばした。

「も、もう、やめ……っ、おかしく、なるっ」

容赦なく責めつづける輔に、身も世もなく懇願した。輔に求めてもらえて嬉しいけれど、

これではとても身が持たない。快感の涙と唾液に頬は濡れ、輔に与えられるまま、ただ乱れることしかできなかった。

「たすくっ、…おねが、いっ」

ぼろぼろと涙を零しながら、背中に回した手に力を込める。輔の体に縋りつき、さらに目元を濡らした。

「……おかしく、なればいい」

深く正一の体を貪りながら、輔が満足そうに言う。

「正一は、俺のことだけ考えてればいい」

ぐんぐん上り詰める悦びの波に、目眩がした。

あっという間に二度目の絶頂が訪れ、泡がはじけるように欲望を放つ。いやらしく収縮する後孔に合わせて、輔の精が自分の中に放たれるのを感じた。背中に回していた腕が、ぱたりと力なく落ちる。

甘ったるい開放感の中で、ただ輔の体温が愛しかった。

＊＊＊

紅から白へと装いを変えた冬の車道を、正一は車でひた走っていた。

いつものように犀川家の門前に車を停め、一冊の雑誌を手に飛び降りる。晴れた空には凧《たこ》が上がっていた。おそらく子供のものと思われる絵で、『しょうちゃん』と『サイゾウ』が描いてある。

今も凧上げをする子供がいるのかというほほえましい気持ちと、そこに描かれたものに対する腹立たしさとが心の中でないまぜになる。吐きだす白い息が頰を掠め、あっという間に空気に溶けていった。

正一は見慣れた犀川家の門をくぐる。

あいかわらずのハチの歓迎を受けながら、霜《しも》の降りた広い庭をしゃりしゃりと駆けぬけた。赤くなった鼻をマフラーに埋め、ノックもせずに輔の作業小屋に上がり込む。

「よう、いらっしゃい」

いつものの んきな声に迎えられるが、正一は答えない。しかめっ面で輔の座る作業机に突き進み、手にした雑誌を差しだした。それはデザインや建築、インテリアといった、様々な情報が載っている大人向けの季刊誌だった。

「読んだぞ」

「え?」

「こいつの記事だよ」

ああ、と目を細め、輔は作業中の手を止めて振り返る。今はラフスケッチの段階のようで、くわえ煙草のまま鉛筆をくるりと回してみせた。

「こないだ受けたインタビューか。もうすぐ次の絵本も出るし、宣伝にでもなればと思って受けたんだけど」

俺のインタビュー記事なんて誰が読むんだろうなぁと、輔は輪っかの紫煙をぽんぽんと吐きだす。

「正一もびっくりした？」

「もちろん、びっくりした……って、そんなことはどうでもいいんだよっ」

正一はパラパラとページをめくり、輔の目の前に突きつけた。ぽかんと目をまるめる輔に向かって、震える声で言う。

「ここ！　これ！　いったいなんなんだよ！」

正一が開いたページには、絵本の話に始まり、輔の物作りに対する考え方や粘土細工との出会いなどが、その顔写真付きで見開きで掲載されていた。

「お、おまえ、……いったいどういうつもりで、こんな」

ぶるぶると体を震わす正一とは対照的に、輔は気の抜けた笑顔を浮べている。

「なんだっけ、俺、なんか変なこと言ってた？」

「言ってたんだよ！　ていうか、これ、読む人によっては変な解釈をされてもおかしくないような内容だぞ」

「本当のことしか答えてないはずだけどなぁ」

「おまえな！」

正一はそう叫び、輔との不毛な会話に肩を落とした。

見開きの右下辺りに目線を落とし、その内容を読み上げる。

「――粘土を捏ねる感触は、人肌に似ていますから。いつもモデルの肌を、あ、愛撫するつもりで作っています――って、なんなんだよこれ！　本当にこんなこと言う必要あったのか？　しかも、――『しょうちゃん』のモデルは実在する友人ですが、もっとその内面まで暴いて、作品に深みを出していきたい――って。教頭にこの雑誌のことを教えられて、俺はその場で卒倒するかと思ったぞ！」

顔を真っ赤にする正一をよそに、輔はあっけらかんと声を上げて笑う。

「そういや、そんなこと言ったたっけな。それだけじゃなくて、裸に剝きたいとか、突っ込みたいとか、他にもいろいろ話した気がするんだけど」

ひっ、と信じられない発言に正一は耳を塞《ふさ》ぐ。

大急ぎで記事を確認するがそんな表現はどこにもなくて、正一は大げさに安堵《あんど》の息を吐いた。けらけらと腹を抱えて笑う輔の姿に、からかわれたのだとようやく気づいた。

「ふざけてるのか……」

「ごめん、ごめん、ただの冗談だって。それ答えたのが、ちょうど正一に駅でキスされたばっかりのときだったから、頭の中がそれ一色だったんだよ。恨むなら、ここまで引っ張りつづけた自分を恨むんだな」

こともなげにそう言われ、正一は絶句する。

勝手なことを言う輔に不満はあるけれど、それに言い返せない自分もいた。これがずっと意地を張りつづけてきたことの代償だというのなら、どうしても強くは出られない。正一はいつも、こうして輔の言葉にまるめ込まれてしまう。

そもそも、こんな変わり者を好きだと認めてしまった時点で、もうどうしようもないのだ。

正一はそう思ってため息をつくと、改めて雑誌に目を落とした。最近はすっかり元の山男に戻ってしまったけれど、このときの輔は凛《りん》としていてかっこよかった。そんなことを考えて、ちらりと輔を見下ろした。

「髭、もう剃らないのか」

「へ？　なに、正ちゃんは髭のない俺のほうが好み？」

輔が驚いた顔で尋ねてくる。

どうだろう、と首をかしげ、正一は輔の口から煙草を取り上げてキスをした。

口に広がる煙草の苦みと、ざらざらとした髭の感触。自分は意外と、そんな輔とのキスが好きらしい。けっきょくはどちらでも、輔が輔でいるのならば構わないようだ。

「どっちでもいいかな」

それだけ答えて煙草を口に戻してやる。

あれほど頑《かたく》なにこだわりつづけていたはずなのに、その想いを認めてしまったとたん、輔を好きでいることがすっかり当たり前になっていた。今でも周りに知られたらという恐怖心はあるけれど、輔を失う、身を切るような痛みのほうが耐えられない。

輔はすぐに煙草を消し、その腕で正一の体を抱き締めた。正一はすっぽりとその腕に捉えられ、甘く優しい口づけを受ける。

「今のは誘ってるってことでいいんだよな？」

「……まだ真っ昼間じゃないか」

「明るいほうがいい。正一がよく見えるから」

エロオヤジか、と呟いて正一は輔のキスに応えた。なんだかんだ言って、輔に求められるのは悪くない。

今度のキスは、甘い欲情の味がした。

もうとっくに愛

1

乗り捨てた自転車が畦《あぜ》を越え、乾いた田んぼに転がり落ちた。

輔《たすく》は振り返ることもせず、二月の凍るような空気の中を全速力で駆けだした。目標はすぐ前を走るひとりの少年だ。脚絆《きゃはん》に草鞋《わらじ》という慣れない和装は意外と動きやすいけれど、顔に被《かぶ》った天狗面《てんぐめん》のせいで、午後の明るさの中でも視界が悪い。

一瞬、目標の影を見失う。

蓮《れん》の同級生、梅野《うめの》のところの倅《せがれ》だ。通り沿いの家屋に逃げ込む梅野の背中を捉え、さらに強く地面を蹴《け》った。どうやら自宅に逃げ込むつもりらしいが、させるものか。梅野家の門扉《もんぴ》をくぐり、勢いよく草鞋を脱ぎ捨て、遠慮なしに屋内に上がり込む。

小学生にもならない妹と並んで母親の腰にしがみつく梅野を発見し、一目散に駆けていった。ひっとすくみ上がる梅野を見下ろし、はずんだ息のまま腰に差した榊《さかき》を手にする。榊の葉はほとんど散って、か細い枝が剝《む》きだしになっていた。

輔は一気に枝を振り上げ、梅野の背を容赦《ようしゃ》なく打つ。乾いた音とともに、残っていたわずかな葉がさらに落ちた。

涙目になって硬直する兄を母親が笑い、隣で震える妹に告げた。

「さ、兄ちゃんの次はあんたの番よ」

「いやっ」

幼い妹にすれば、天狗面を被った輔は巨大な化け物だ。鼻の高い真っ赤な顔の化け物に睥《へい》睨《げい》され、妹は弾《はじ》けたように泣きだした。やだぁ、こわい、ひとごろしぃ。散々な言い様だ。思わず、面の下で笑いを噛《か》みころす。

こちらはさすがに叩《たた》くことはせず、つむじの辺りを枝で軽く撫《な》でてやった。

おかしそうに肩を揺らす母親に榊をひと振りしてから、輔は梅野家を後にする。最後の一枚がはらりと散った。

今日は三郷《みさと》村《むら》の祭だ。

すこし離れた寄合所のほうから、祭《まつり》囃《ばや》子《し》が風に乗って流れてくる。注連縄の張りめぐらされた通りを眺《なが》めると、硬く冷たい冬の空気がさらに引き締まって感じる。身を刺すような冷気に小さく身震いした。

祭は、輔が生まれるずっと昔から続いているものだ。神輿《みこし》が村を回ったり、名ばかりの大通りに数えるほどの出店が並んだり、村民がより合って一日中酒を飲んだり。そんなどこの村にもあるような、小規模だが活気のある祭だった。

ただひとつ、よその村と変わった点をあげるとすれば、それは今年輔に回ってきた天狗面の役だろう。

「輔！」

梅野家の玄関を出たところで、ちょうど正一《しょういち》に出くわした。天狗面に選ばれたことは伝えていたので、すぐにわかったようだ。

「よぉ」

面を外して額の汗を拭う。ひと息ついてから笑ってみせると、正一が未《いま》だに泣き声の漏《も》れ聞こえる梅野家にちらりを目線を向けた。

「すごい泣き声だけど、大丈夫なのか」

「大丈夫もなにも、これも祭の醍醐味《だいごみ》だろ？　俺たちだってガキのころは散々追いかけまわされたじゃないか」

こいつに、と額に上げた天狗面を指差す。

「それはそうだけど……」

「あ、そうだ、正一も天狗役する？　交代してやろうか？」

「遠慮しとくよ。学校の先生が枝を振りまわして、子供たちをを追いかけまわすわけにはいかないだろ」

「たしかにそうだ」

のんきに頬《ほお》をかきながら、輔が笑う。

「一応言っとくけど、俺だって子供たちを引っぱたくなんてつらいんだからな？　そのつらい気持ちを抑えて、天狗役としてしょうがなくだな」

「嘘《うそ》ばっかり。めちゃくちゃ楽しんでるくせに」

呆《あき》れ顔で肩をすくめる正一に、輔がにやりと唇《くちびる》の端を上げた。

「バレたか」

「他人の自転車まで田んぼに乗り捨てといて、よく言うよ」

先ほど乗り捨てた自転車は、道端に停めてあったものを勝手に拝借したものだ。はたして、持ち主は誰なのだろう。ふだんであれば許されないことだが、年にただ一日、祭の日の天狗面にだけは許された。

三郷村には、天狗面に榊で叩かれた子供は、その年を健康に過ごせるという言い伝えがある。輔たちも幼いころは容赦なく叩かれ、派手なミミズ腫《ば》れを作ったものだ。痛ければ痛いほど御利益《ごりやく》があるらしい。

しかし御利益と言われたところで、痛い思いをしたい子供などそうはいない。子供たちはある程度の年になると知恵をつけ、天狗面を巻くべく村中を逃げまわるようになった。天狗面も黙ってはおらず、逃げる子供たちを全力で追いかける。こうなるともう、祭というよりもただの鬼ごっこだ。

天狗面役の大人は御神酒《おみき》と称して朝から酒を飲みつづける。昼を過ぎるころには酔《よ》っ払いの一丁上がりだ。飲むだけ飲んで村中を駆けまわり、子供たちを見かけた端からぶっ叩く。他人の家を走りまわっても自転車を乗り捨てても、この日ばかりは無礼講。そして今年はその天狗面役が輔なのだ。

正直、楽しくてしかたない。

アルコールも回ってすっかり上機嫌な輔に、正一が苦笑を浮かべた。

「さっきの自転車、後できれいに泥落としとけよ」

「正ちゃんも手伝ってくれる？」

「甘えるな」

素っ気ない言葉とは裏腹に、正一の雰囲気はどこか甘い。

正一が長年の気持ちを認めて輔と深い間柄になった今も、一見、ふたりの関係に変化はなかった。輔の気持ちも正一の気持ちも、それ自体は変わらないのだから当たり前かもしれない。恋人だとか彼氏だとか、そうした言葉に当てはめる必要はないのだ。互いが好きで、必要で、だから一緒にいる。それだけだ。

今のような正一のなんでもない笑顔に輔の心が動くことも、変わらないことのひとつだった。繊細そうに整った表情がふっとほころんだ瞬間、胸の奥に小さな熱が灯《とも》り、心地よいざわめきが起こる。昔からそうだ。日常のふとした会話にも愛《いと》しさを見つけられる。

もちろん、なにも変わらないといえばそれは嘘だ。

輔の中で、大きく変わったこともある。

「そういえば」と、正一の言葉に輔の思考が遮られた。

「川上《かわかみ》たちがなにか企んでたみたいだから、気をつけといたほうがいいかもな。天狗にやり返すとか、そんなこと言ってたから」

「へー……、てことは、蓮も？」

子供たちの多くは天狗面から逃げまわるばかりだが、時折、ひと泡ふかせてやろうと徒党を組んで立ち向かう者もいる。輔自身、大昔の話だが身に覚えがあった。

正一がうなずく。

「すっかりいたずらっ子になったな」

困ったように言いながらも、どこか嬉《うれ》しそうだ。

正一が三郷小の教員になって、もうすぐ一年だ。学校の先生として、『しょうちゃん』として、ふたたび村の生活に溶け込んでいた。長年この村で暮らしていたとはいえ、東京からこちらに越してきたばかりころの正一を考えると嘘みたいだ。

正一が弱音を吐くことなどなかったけれど、それでも村の生活に馴染《なじ》めずにいたことは、いつも一緒にいた輔にはわかっていた。力になりたいのに、気持ちだけでなにもできない子供の自分を、どれだけふがいなく思ったかしれない。

あのころの輔にできることは、平気な顔で正一のそばにいることだけだった。

かたちばかりの幸いの竜を粘土で作って渡したところで、正一が東京の家に戻れるはずもない。その名前のとおりに幸せを運んでくれたらいいのにと期待しても、ただの粘土にそんな力がないことくらい輔だってわかっていた。

だから輔がアニメ制作の打ち合わせで東京に発ったあの日、駅で正一に竜の人形を手渡されて驚いた。気安めにもなっていないと思っていた人形を、正一が今も憶《おぼ》えてくれているとは思いもしなかった。

そして竜などなしに自由に居場所を選べる今も、正一はこの村にいる。輔にはそのことがなによりも嬉しい。

ひとり頬をゆるめる輔には気づかず、正一が言った。

「川上や梅野たちの影響もあるんだろうけど、あの子、意外とおまえに似てるところがあるのかもな」

「そうか?」

「輔も昔、天狗に蹴りかかったりしてただろ?」

「いったいいつの話だよ」

輔は思わずふきだす。それこそ、正一が初めて村の祭に参加したときの話だ。

先ほどの梅野ほどではないが、幼い正一は猛然と向かってくる天狗面の存在にひどく面食らい、迫力にのまれていたようだった。輔が天狗面に蹴りかかったのも、怯《おび》えて硬直する正一を助けるためにやったことだ。

勢いよく跳び蹴りをかましたまではよかったが、あっさり返り討ちに遭い、正一もろとも川の浅瀬に放られてしまった。寒空の下でずぶ濡れになり、榊で叩かれたというのに風邪《かぜ》を引いて寝込んだのは懐かしい思い出だ。御利益なんていい加減なものだと、輔はこの身をもって実感していた。

「正一のためなら、俺はなんだってやれちゃうんだよ」

しみじみと言って、輔が正一の頬にそっと手を伸ばす。道端で突然触れられたためか、正一の目元がはっきりと赤くなった。

「いきなり、なに言って――」

しかし言葉の途中で、正一がふと目を丸くする。

それと同時に、背中にバシンと衝撃が走った。一瞬呆然《ぼうぜん》とするが、すぐにじわりと冷たい感覚が布越しに伝わり我に返る。

「よっしゃぁ！」

振り返ると、塀《へい》の影でガッツポーズを決めている佳弘《よしひろ》と目が合った。蓮や梅野、他にも数人の少年たちがニヤニヤとこちらを見ている。輔の足元には、潰れた水風船が落ちていた。乾いた地面に濃い灰色がまるく広がっていく。

——ワルガキども。

輔はすぐさま天狗面を被り直し、踵《きびす》を返して走りだした。全員は無理でも、主犯の佳弘だけは逃がすわけにはいかない。苦笑いする正一を置いて、枝のみとなった榊をひゅんひゅんしならせた。

さあ、かわいい子供たちに御利益をお見舞いしてやろうじゃないか。

2

祭が終わって一週間も過ぎると、村はすっかりいつもの穏やかさを取り戻していた。輔は起きてすぐに居間に向かい、ストーブをつける。まだ日も昇らず、鶏《にわとり》の鳴き声さえ聞こえない。輔の他には家族の誰も起きていないようだ。

広い居間はすぐには暖まらず、家の中でも吐く息が白かった。古い家のため風の通りがよく、冬の季節はつらい。冬になるたび改築の話が出るが、そろそろ本気で考えたほうがいいだろう。一昨日の夜に降った大雪がまだそこらに残っている。子供たちは喜んでいたが、雪かきがある大人たちはうんざりだった。

隙間風《すきまかぜ》に身震いして、輔は部屋の端に設置してあるパソコン用の座卓に向かった。パソコンの前であぐらをかくと、チビが——そう呼ぶには貫禄《かんろく》のありすぎる成猫が、ゴロゴロと輔に体をなすりつけてきた。冷えきった部屋の中で人の体温が恋しいのだろう。みずから輔の膝《ひざ》に乗り、まるくなった。

「お、チビ、おまえも早起きだなぁ」

チビの背中を撫でて、パソコンを立ち上げる。輔の早起きはいつものことだ。田んぼに出る前にメールを確認することが毎朝の日課だった。

パソコンは家族で共用している。趣味も兼ねて育てている野菜の競りなどにも使用するためだ。他はもっぱら、優のネット通販や蓮のゲーム攻略に利用される程度だった。自分専用に買ってもいいが、輔はメール以外でパソコンに触れることが少ない。ひととおりは使えるけれど、宝の持ち腐れになるだけだろう。

米農家という仕事柄、稲刈りの終わった冬の間はゆっくりできる。絵本『しょうちゃん』の四冊目も先日無事に発売され、久しぶりに余裕のある時間を過ごしていた。それでも体に染みついた生活のリズムはなかなか変わらず、こうして早起きしてしまう。

今日一日の仕事の段取りを考えながら、メールソフトの起動を待った。

冬の間は、小さなハウスで気の向くままに野菜や果物を育てている。繁忙期に比べればゆっくりしたものだ。今年の冬は、それさえ休もうという話も出たが、輔がそれに反対した。純粋に、農作業が好きだからだ。

自然というものは、手間をかけただけちゃんと応えてくれる。天候や病害に左右される恐ろしさはあっても、雨上がりの湿った土の匂《にお》いやふきぬける風になびく稲穂の美しさ、四季の移ろいを肌《はだ》で感じる心地よさはなにものにも代えがたい。何年やっても発見の連続で、知識と技術と自然と、そのすべてがなければ成り立たない難しさにもやり甲斐《がい》があった。

なにより、自分の手で作った飯はうまい。輔はこの仕事が好きで、それは粘土細工も同じだった。どちらも大切で、自分にとって必要だから続けているのだ。

ポップアップ音とともに、新着メールが画面に映しだされる。『しょうちゃん』の担当編集者である長谷川奈央《はせがわなお》からのものだった。

本文を確認して、にわかに気分が重くなる。

――連絡をしても繋《つな》がらない。あの件について改めて話し合いたい。

要約すればそんな内容のメールだった。輔は小さく息を吐く。そういえば、昨晩眠る前に携帯電話を確認したら、長谷川からの着信がいくつか残っていた。家に置いたまま外出していたため、対応できなかったのだ。家の電話にも連絡があったようだが、帰宅が遅くてこちらにも出られなかった。

あの件なぁ、と輔はチビの後頭部を見下ろして頬をかく。

話し合って意見を変えられるくらいならば、そもそも長谷川にあんなことは言わなかった。散々考えて、考えぬいた末の結論なのだ。

輔は返信を打とうとして、やめた。

画面上で見る文章というのは、どことなく冷たく素っ気ない。メールでは今の考えをうまく長谷川に伝えられる気がしなかった。直接伝えたほうがいい。今日の仕事が終わったら、こちらから電話をしよう。

輔はもう一度チビの頭をひと撫でし、立ち上げたばかりのパソコンを消した。


その日の夕方。ハウスでの作業を終えて家に戻ると、見慣れない靴《くつ》がひと揃《そろ》い玄関に並んでいた。スエード素材の上品なパンプスだ。明らかに女性用だけれど、優《ゆう》のイメージではない気がする。まして、年中サンダルの母親はありえない。来客だろうか。道にはまだ雪が残っているのに、こんな華奢《きゃしゃ》な靴でよく無事に辿《たど》り着けたものだ。

首をかしげながら裏玄関に回って長靴の泥を落としていると、ひょっこりと優が現れた。

「あっ」と慌てた様子で口を開く。

「帰ってたんだ！　ちょうどよかった、今、ハウスまで呼びに行こうと思ってたのよ――っていうか、携帯！　あんたね、携帯を携帯しろって何度言ったら」

「わかった、わかった、ごめんって」

いつもの小言を笑って受け流すが、優の焦りようが気にかかった。すぐに笑みを引っ込めて、訊《き》き返す。

「それより、なんかあるんじゃないの？」

「そうだった！」優がハッとする。

「ね、ね、長谷川さんって、『しょうちゃん』を出してる出版社の人よね？　たまに電話かけてくる女の人」

「そうだけど、なんで？」

「その人が訪ねてきてるのよ。あんたに会いたいって！」

「……長谷川さんがここに来てんの？　今？」

驚く輔に、優がしかつめらしい顔でうなずく。

東京から三郷村まではそれなりに距離がある。それに長谷川と会う約束などしていなかったはずだ。この辺りに来るという話も聞いていない。話がしたいというメールは今朝確認したばかりだけれど、まさか直接訪ねてくるとは思わなかった。

作業着のまま着替えもせず、輔は急ぎ足で客間に向かう。廊下からおそるおそる客間を覗《のぞ》くと、そこにはどことなく中性的で、清潔感のある横顔があった。いつだったか、輔より三つ年上だと聞いたことがある。

スッと背筋を伸ばして正座する女性に、思わず目をまるくした。ついで無意識に、小さく頬が引きつる。

――げ。ほんとにいる。

ふっと、長谷川がこちらを振り向いた。涼しげな目元を細めて、にこりと笑った。

「ご無沙汰《ぶさた》しております、先生」

手早く着替えを済ませた後、輔は長谷川を作業小屋に案内した。家族のいる客間では、さすがに話しづらい。

絵本の制作後に一日かけて整理したため、小屋の中は以前と比べてすっきりしていた。長谷川も何度か訪ねてきたことがあるけれど、材料や粘土細工で溢《あふ》れ返っていた状態しか知らないためか、どこか落ち着かない様子だった。目線だけで辺りを見渡し、すぐになんでもない顔をして輔に目線を向けた。

「突然お伺いして申し訳ありません。何度も連絡を差し上げたんですが、先生はいつもお忙しいようで」

「やめろよ、先生なんて」

ストーブの前にしゃがみ、ライターを回す。スイッチが壊れていて、芯《しん》に直接火をつけなくては点火しないのだ。

しかし火花が散るだけで、一向に炎が出なかった。ガス切れだ。

代わりを探して顔を上げると、長谷川が自分のライターをこちらに差しだしてきた。ピンクシルバーのスリムなライター。飾り気のないベージュ一色のショートネイル。なんとなく長谷川らしい。

この編集者とは、もう五年の付き合いになる。当時大学生だった輔の粘土細工を知人伝いに知り、絵本にしたいと声をかけてくれたのが彼女だった。

馬鹿な冗談だと、輔は初め、長谷川の言葉をまともに取り合わなかった。正一を想ってためそめそ作った人形を、絵本にして他人の目に晒《さら》すなんて。当時の輔には笑い話にしか思えなかったのだ。

あのころの輔にとって、粘土細工はあくまでも自分のためのものだった。やり場のない正一への気持ちを発散するには、頭を空っぽにして手を動かし、ひたすら人形を作るしかなかったのだ。人形制作はもちろん楽しかったけれど、純粋に創作を楽しんでいたかといえば嘘になる。

結局、長谷川の熱意に押されて絵本にすることを引き受けた。何度断っても諦めない長谷川に渋々折れたかたちだったが、絵本にして正解だったと、今では心底思っている。叶《かな》わない想いを引きずってひとりで延々と粘土を捏《こ》ねるよりも、他人の目を意識して作品に昇華させていくほうがずっと健全だ。それに夢中になって取り組めるものができたことは大きな救いでもあった。

そのきっかけをくれたのが長谷川なのだ。

そんな長谷川が慇懃《いんぎん》無礼《ぶれい》に「先生」などというときは、面倒事があるか怒っているかのどちらかだった。これも、長い付き合いの中でわかったことだ。

「長谷川さん、やっぱ、怒ってる？」

「まさか、先生に腹を立てるだなんて、そんな」

「……じゃあ、頼むからふつうに喋《しゃべ》ってくれよ」

「それなら、はっきり言わせてもらうけど」

長谷川の口調と表情ががらりと変わる。

「『しょうちゃん』シリーズをやめたいって、いったいどういうつもり？」

やっぱりその話かと、輔は火をつけおえたライターを渡す。

長谷川は乱暴に奪い返した。

「半年後にはアニメも始まるし、評判だってすごくいいじゃない。忙しいからってあなたに断られまくってるけど、個展の依頼だって今も途切れないのよ。……それなのに、どうして今、シリーズを終わらせる必要があるの？　子供たちだって絵本の続きを楽しみに待ってるのに――ほら、見てよ！」

そう言って、長谷川は持参したバッグから紙束を取りだす。子供たちから届いた『しょうちゃん』のイラストのコピーだった。色鉛筆やクレヨンでのびのびと描かれており、拙《つたな》いながらも健気《けなげ》に描かれた様子が伝わってくる。

輔はたまらず頰をかいた。

「おい、こういうのは、卑怯《ひきょう》だろ」

「泣き落としでもなんでも、使える手は使うわよ」

ぎゅっと、長谷川が眉《まゆ》をよせた。

「とにかく！　シリーズの存続に関わるような大事なこと、たった一回電話越しに言われただけで、はいそうですか、なんて納得できるわけないわ。それなのにあなたは、電話にも出ず、メールも返さないで」

「ちょうど今夜、こっちから電話しようと思ってたんだって」

「……それを信じろって言うの？」

「だよなぁ」

さすがに説得力がない自覚はある。

出会ったころから押しの強い女性ではあったけれど、今となってはこのとおり、長谷川は輔に遠慮というものがなかった。それは絵本を通じての付き合いにくわえて、たった一度だが、関係を持ったことが大きいのかもしれない。

一冊目の絵本が発売されたすこし後、二冊目の打ち合わせで顔を合わせた夜のことだった。よくある話で、酒の勢いというやつだ。互いに恋愛感情がないことは、その後の色気のない付き合いではっきりしている。情を交わした人間特有の距離の近さはあっても、ふたりにとって重要なものは絵本で、それに勝るものはない。

ほんのすこしだが、長谷川は似ているのだ。――正一に。

もちろん、男女の差があり、ふだん喋っているときには特別そうは感じない。正一も気が強いほうだが長谷川の勝ち気さとは種類が違うし、性格も違う。しかし、ふとした瞬間、たとえば真顔に戻ったときの雰囲気など、どことなく通じるものがあるのだ。

あのときは、正一に恋人ができたことを知り、ひどく落ち込んでいたときだった。後にも先にも、正一に彼女がいたのはこのときだけだった。

飄々《ひょうひょう》としているだとかのんきだとか、正一はよく輔のことをそんなふうに評するけれど、冗談ではない。輔は自分ほど執着の強い男を知らなかった。

子供のころの正一は、気丈そうにしながらもどこか心細そうで放っておけなかった。初めのうちはただ、そんな正一が気になって、もちろん親同士の繋がりもあって一緒に遊ぼうと誘っただけだと思う。意外だったのは、大人しそうな正一が案外気が強く、気が合ってすぐに仲よくなれたことだ。

父親を始め、周りの人たちに「女みたいだ」とからかわれた趣味の粘土細工を馬鹿にしなかったのも正一だけだった。それどころか羨望《せんぼう》の入り交じった眼差《まなざ》しを向けてくれる正一に、誇らしげな気分になったこともよく憶えている。

正一が自分を好きでいることは、子供のころからわかっていた。そして輔も、全身で自分を頼ってくる正一に自然と心を惹かれ、夢中になっていた。ふたりでいることは当たり前で、なによりも特別だったのだ。

けれど同時に、正一が自分の気持ちを受け止められず苦しんでいることにも、気づかずにはいられなかった。

自覚があるのかはわからないが、正一はおそらく女性を好きになる質《たち》ではない。それでも一度きりとはいえ彼女を作ったのは、自分の性癖《せいへき》を認めたくなかったからではないだろうか。長い間そばにいれば、男が女に抱く欲が正一の中にないことくらいわかってしまう。そしてその欲が、すべてこちらに向けられていることも。

だから輔は、正一がどれほど頑《かたく》なでも耐えられた。正一が自分の気持ちから目を逸《そ》らしても、彼女を作るようにと仕向けられても、耐えてきたのだ。平気だったわけではない。その無神経さに何度怒りで目の前が真っ赤になっただろう。紹介された女の前で、ひどく犯してやりたいと思ったほどだ。それでも正一が離れていくことが怖くてできなかった。正一が好きで、憎くて、おかしくなりそうだった。

自分でも、どうしてここまで正一のことが好きなのか不思議なほどだ。

特別に女性的というわけでもないのに、なぜだろう。輔は正一とは違って、ふとした折に目がいくとすれば、それは女性の体だ。正一以外の男を抱きたいと思ったことなど一度もない。輔にとって、正一だけが特別なのだ。

そして一緒に過ごす年月を重ねるほど、その熱量は大きくなっていく。

輔はこっそりと息を吐き、作業用の椅子《いす》に腰を下ろした。

長谷川にも勧めるが、座ろうとはしない。しばらく無言の膠着《こうちゃく》状態が続き、先に音《ね》を上げたのは長谷川だった。

目を逸らし、長谷川が深くため息をついた。

「……吸っても？」

「どうぞ」と灰皿を差しだす。

長谷川は煙草《たばこ》をくわえ、「わかってる」と呟《つぶや》いた。

「本当は、私だってわかってるのよ。作品は、結局作家さんのものだもの。無理に続けさせることなんてできないって。だけど」

ふと言い淀《よど》み、続ける。

「『しょうちゃん』は、私にとってもすごく大事なシリーズなの。この仕事に就いて、初めて企画から立ち上げたものだったから。それなのに、……今からもっと大きくなるってわかってるのに、こんなところで終わらせるなんて」

悔しい、と漏らした。

最初は自分のために作っていた『しょうちゃん』だが、今となっては輔だけのものではない。幸いなことに、輔の予想を遥《はる》かに超えて多くの人に愛されるキャラクターとなった。絵本を楽しんでくれている子供たちはもちろん、出版社やアニメの制作会社、他にもシリーズに関わってくれたすべての人のものだと思っている。

そうわかった上で、考えぬいての決断だった。

「長谷川さん、あんたには本当に感謝してる。長谷川さんがいなかったら、俺の人形は俺の中だけで終わってた。それがここまで大きくなれたのは、あんたのおかげだ」

「だけど」と、真剣な口調で言う。

「あのシリーズは、自分の中でちょうどケリがついたんだよ。それに、今は、新しくやりたいこともできてきたから」

あえて口にすることはなかったが、そもそも『しょうちゃん』は、やり場のない正一への気持ちを糧《かて》に作ってきたものだ。苦しくてどうしようもない気持ちの根っこがそこにある。

けれど駅で初めて正一にキスをされた日から、それは大きく変わりだした。

あれから三ヶ月。――たったの三ヶ月で、輔の気持ちは自然に、しかし急速に変化した。

粘土細工に関しては、とくに。

「長谷川さんが言ってくれるように、俺にとっても『しょうちゃん』は大事なものなんだ。だからこそ、妥協で作りつづけるようなことはしたくないんだよ」

すでに気持ちは決まっている。

このまま、自分のためだけに『しょうちゃん』を作りつづけることはできない。

輔の決意を感じたのか、長谷川は目を細めるだけでなにも言わなかった。煙草の灰を落として、小さく肩をすくめた。

ふいに、カリカリと扉《とびら》を引っかく音が入口から聞こえてくる。扉を開けると、チビが優雅な足取りで小屋に入ってきた。続いてハチが。最近のチビは体だけでなく心も成長したようで、ハチを見てもむやみに飛びつくことがなかった。こうして一緒に小屋に来ることもめずらしくない。

チビは定位置である木棚の上で欠伸《あくび》をし、ハチは控えめにしつつも長谷川を興味深そうに見上げていた。お客さんが気になるらしい。長谷川は二匹に交互に目線をやり、真顔のままでぽつりと呟いた。

「さっき、鶏も見たわ」

「庭で」と、突然そんなことを言いだす。

「あとはロバがいれば完璧」

「……馬でよければ、下の家から借りてこようか？」

「さすがにロバはいないのね」

長谷川がかすかに笑う。空気がやわらいだことにほっとして、輔も笑い返した。一方的にシリーズをやめたいと言いだした負い目があるため、後ろめたさはどうしても大きい。よくやった、と輔は心の中で二匹と小屋の鶏たちを褒めてやった。

それから、あえて明るい調子で長谷川に尋ねる。

「今夜はこっちに？」

「ええ、一泊だけど。もちろん、食事くらいは付き合ってくれるでしょ？　話もまだ終わってませんし」

約束がなかったとはいえ、さすがに東京から来た長谷川をひとりで宿に返すわけにもいかない。しかし隣市の駅前に建つホテル名を告げられ、少々驚いた。ここから街に出るには、車でも三、四十分の距離がある。

「なんでわざわざ？　民宿でよければ、村にもひとつあったはずだけど」

「あそこね、一番に電話したんだけど、今週はお孫さんが遊びに来てるから宿はお休みしてるんですって」

たまらず、ふきだしてしまう。

「道楽だなぁ」

「こっちは笑い事じゃないわよ」

からからと笑うが、長谷川は心の底からうんざりしているようだ。二度目のため息の後、ふと、意味ありげな視線をこちらによこしてきた。

「飲むんだろうし、泊まっていけば？」

どことなく含みのある口調に、輔は大げさに驚いてみせる。

「ほんとに使えるもんはなんでも使う気?」

「今さら、そんなものが通用するなんて思ってないわよ」

冗談なのか本気なのか。長谷川が続ける。

「でも、勢いなんかで寝ちゃったのは失敗だったかもね。こんなことになるなら、いざってときの切り札に取っておけばよかった」

「女は怖いな」

輔が笑って受け流すのと同時に、ぴくりとハチが顔を上げた。

それから瞬時に向きを変え、わふっと嬉しそうに入口へと駆けていく。母親か優がお茶でも持ってきたのだろうか。扉の前で激しく尻尾《しっぽ》を振るハチに扉を開けてやり、そこにある顔にぎくりとした。

「正一」

小屋の前に立っていたのは正一だった。

なんて間の悪い。まさか、今の会話を聞かれていたのだろうか。平然とした様子を装いながらも背筋が凍りつく。やましい気持ちなんてないし、長谷川と関係を持ったこと自体ずっと昔の話だ。そう思ったところで、動揺はすこしも収まらなかった。いい年をした男が情けない。

小屋から勢いよく飛びだしてきたハチを抱きとめ、正一が笑った。

「ごめん、来客中だったんだな」

どうやら、長谷川との会話は聞かれずにすんだようだ。正一の様子はいつもと変わらず、どこもおかしなところはなかった。内心で安堵《あんど》するのと同時に、輔は理不尽だとは知りつつほんのすこしムッとしてしまう。

——おまえの男が、女とふたりきりで部屋にいるんだぞ。すこしくらい妬《や》いてくれてもいいんじゃないのか。

そんな子供じみたことを考える自分に、すぐに我に返ってがっかりした。ますます小さい。情けない。表面では幼なじみ兼恋人として余裕ある態度を装っても、昔からこうだ。正一のことになると、本当はその仕草ひとつに一喜一憂してしまう。こんな自分は、いくら正一でも、むしろ正一だからこそ見せられない。

輔は顔に笑みをぺたりと貼りつけ、室内の長谷川を振り返った。

「彼女は、仕事の人なんだ。長谷川さんっていって、絵本の。『しょうちゃん』の一冊目から、ずっと担当してくれてる編集者さんで」

平静を装ったつもりが、らしくもなく早口になる。言い訳めいたことを口にして、自分がまだ動揺していることに気づいた。正一はやはりどうという素振りも見せず、軽くほほえみを浮かべて長谷川に会釈する。

それから輔に目線を戻し、正一が口を開いた。

「悪かったな、また今度出直すよ」

「後で連絡するから」

「いいって。急に来たのはこっちだし」

そう言って、正一はあっさりと去っていく。

雪の降り積もった暗い庭を引き返す正一の背中を眺め、心の中でため息をついた。お気楽そのもので正一の後ろをついていくハチが、今は無性に羨《うらや》ましい。正一の気持ちが自分にあるとわかっているのに、それでも些細《ささい》なことに気落ちするのはなぜだろう。これまでずっと正一に逃げられつづけてきた後遺症だろうか。

他人の全部を手に入れたいなんて、無理に決まっているのに。

そんなふたりのやりとりを長谷川が興味深そうに見ていたことになど、今の輔に気づく余裕はなかった。

3

翌日、作業小屋で粘土を捏ねていると正一が輔の元を訪ねてきた。夕方というにはまだ早い時間だが、冬の日の短さですでに辺りは黄昏《たそがれ》に染まっている。

「どしたの、正ちゃん。仕事は？　いつもより早いじゃん」

「なに言ってるんだよ、今日は土曜だぞ」

「あ、そうか」

三郷小では土曜日も隔週で午前授業を行っているが、それでもふだんより早く仕事を終えられるようだ。輔は勤め人ではないため、曜日の感覚があまりない。出荷の日や絵本関係の締め切り日だけは意識するけれど、曜日や日にちよりも晴れるか降るかといった天候のほうが遙かに重要だ。

昨晩は街に出て長谷川に付き合ったが、意外にも『しょうちゃん』の話題はその後ほとんど出なかった。割合和《なご》やかに食事を終え、ホテルに送ってすぐに別れた。わざわざ東京からシリーズの続行を訴えに来たはずなのに、実際に輔と話して気が変わったのだろうか。昨日の会話で納得してくれたとはあまり思えないが。

ふいに、正一がかすかに顔をしかめた。

「……この部屋、あいかわらず暑すぎだろ」

「え、そう？」

「欠陥住宅だな」

「改装したの、俺だからなぁ」

ははは、と笑ってのんきに答える。

ストーブの上で薬缶《やかん》がしゅんしゅんと鳴っていた。小屋の中は熱気がこもりやすいのか、暖房器をつけて一時間も経つと蒸し風呂のようになる。結露した窓をさっと手で擦《こす》ると、滴《しずく》が垂れて泣き顔のようになった。

窓を開けて熱気を逃がす。ひやりとした風がふき込み、心地よかった。いつの間にか雪がやんでいる。先ほどまでちらちらと粉雪が舞っていたはずだけれど、橙《だいだい》色の晴れた空が高く澄んで見えた。

正一が制作途中の粘土を眺め、どこか硬い声で訊いてきた。

「……それも、絵本の？」

「いや」

短く否定し、机に立てかけている図案を目線で示す。まるっこくデフォルメした二段ケーキの上に青い小鳥が止まっている、色鉛筆で描いたイラストだ。

「これは知り合いに頼まれたヤツ。結婚式の指輪交換で使うんだってさ。ほら、この小鳥に指輪をはめて持ち運ぶんだよ。名前、なんつったっけな、たしか」

記憶の糸を手繰《たぐ》りよせ、ひとつの単語をつかみ取る。

「リングピロー」

「ピローって枕だろ？　枕なのにケーキでいいのか？」

不思議そうに言う正一に、「わかってないなぁ」と輔が身を乗りだした。

「ただの枕にするより、こっちのが断然かわいいだろ？　あとほら、これ、この青い小鳥がポイントな。雄の頭の羽根がちょっと逆立ってるんだ」

無意識に説明に力が入る。

友人や知人が主だが、個人的に粘土細工を作ってほしいと輔に依頼してくる人は以前から多かった。特に親しい人のリクエストにはこれまでも合間を見て応えていたけれど、これからはもうすこしその幅を広げていきたいと考えている。絵本の人形制作とはまた違ったおもしろさがあるのだ。

力説する輔に一瞬きょとんとして、正一は小さくふきだした。

「その顔で、青い小鳥って」

「ひどいな、よく見たら俺だって愛らしい顔してるだろ？　ほれ」

にっと白い歯を見せて顔を近づけると、容赦なく鼻を摘《つま》まれてしまった。

「山男が図々《ずうずう》しいんだよ」

正一はかすかに笑い、唇を重ねてきた。

「……おまえをそんなふうに思うのは、俺くらいのもんだ」

「なにそれ、照れ隠し？」

素直ではない正一の態度に煽《あお》られ、体の芯が熱くなる。

輔はたまらず、正一の後頭部に手を回して口づけた。薄い唇を開き、舌をねじ込む。乱暴にするつもりなどないのに、興奮してやめられなかった。正一が腕の中にいる。キスに応えている。たまらない。

「ん…っ」

いつの間にか背中に回された正一の手が、ぴくりと震えた。舌を絡めるほどに離れがたくなっていく。こんな場所で押し倒すわけにもいかないのに、正一を解放できない。何度もキスを繰り返す。愛しい気持ちが溢れて止まらなかった。互いの体が引き合っているみたいだ。ぴたりとくっついて、興奮するのに安らぎもする。

それでもどうにか唇を外し、輔は正一を見つめた。

「……今日、おばさんは？」

「家にいる。休みだから」

「そっか、うちはさすがに無理だしな」

両親に姉、さらに甥《おい》までいる家の中ではどうすることもできない。親の目を盗んで関係を持つなんて、まるで高校生の恋人だ。いっそふたりで部屋を借りて――なんて考えるが、この狭い村では悪い意味で目立ってしまう。

「外、出るか」

輔の誘いに正一がうなずく。耳が赤いことに気づき、ぎゅっと手のひらで心臓をつかまれたようだった。かわいい。かわいくてどうにかなりそうだ。そんなふうに言うと正一は決まって顔をしかめるけれど、この愛しさを他にどう表現すればいいのかわからなかった。正一が愛しい。愛しすぎて、かわいい。

暑い部屋の中で、ふたたび顔をくっつける。しかし唇が重なる間際、ぐう、と輔の腹から情けない音が聞こえてきた。

腹の音に苦笑して、正一がいたずらっぽく肩をすくめる。

「腹も減ったし？」

「だな」

笑いながらキスをした後、ふたりは街に出ることにした。

しばらく車を走らせて適当な店に入ったころには、すっかり日が沈んでいた。土曜日でそれなりに人が多いが、静かで落ち着いた雰囲気のいい店だ。

それでもまだ時計の針は七時を指してもいない。

村にも店はあるけれど、定食屋か喫茶店、それにカラオケスナックが数軒あるのみだ。楽しく騒ぎたいときにはいいが、くつろぐには不向きだった。顔見知りが多すぎて、どうしてもお祭り騒ぎになってしまう。

そのため正一との泊まりを兼ねて外出するときは、街に出るしか手段がなかった。まさか地元の民宿で過ごすわけにもいかないし、その民宿も今週は休みだという。

細身のビールグラスが二杯届き、乾杯する。

「あの絵本、もう作らないって本当か?」

「……なんで?」

グラスに口をつける間もなく正一に訊かれ、思わず固まってしまった。

『しょうちゃん』シリーズを四冊で畳《たた》みたいということは、長谷川の他は誰にも言っていない。それが主人公のモデルの正一であっても、終了が確定するまでは伝えるつもりなどなかった。いや、正式に終わりになると決まっても、もしかしたら言わなかったかもしれない。

それなのになぜ、知っているのだろう。

すこし迷うようにして、正一が口を開いた。

「昼間、彼女が俺を訪ねてきたんだよ。昨日、おまえの家にいた、長谷川さんだっけ？　ちょうど、授業が終わったくらいだったかな」

「は？」

「学校に」

「マジか」

長谷川が正一を訪ねていたことを知り、輔は言葉を失う。てっきり朝一で東京に戻ったと思っていたのに、あの人はいったいなにをしているのだ。

「俺が主人公のモデルだって知ってたみたいだけど……、編集者だから伝えてたのか？」

「いや、そんな話はわざわざしないけど」

ふたりの地元である三郷村では隠しようがなかったけれど、輔はわざわざ他人に「この人が主人公のモデルだ」なんて吹聴《ふいちょう》したりしない。長谷川とは五年も一緒に絵本を作ってきたが、それでも同様だ。

驚く輔に、正一が苦笑した。

「じゃあ、村の人たちにでも聞いたのかな。こっちじゃみんな知ってるから」

「……それで、長谷川さん、なんだって？」

「おまえが絵本を続けるように、俺からも説得してほしいって」

やっぱりかと、たまらず輔は頭を抱える。

「悪い、迷惑かけたな」

「それはいいけど」

正一が言い淀む。

「そのときに、子供たちが書いたっていう手紙も見せてもらってさ」

「え」

「すごいんだな。ほんとに子供たちに人気があるんだって、驚いたよ。知ってたつもりだったけど、改めて実感したっていうか。子供たちが一生懸命書いたのが伝わってきて、なんかこう、ちょっと感動した」

正一を子供で釣《つ》ろうとするとは。使えるものはなんでも使うと言った長谷川の言葉が脳裏《のうり》を過《よぎ》る。小学校教員である正一が相手とはいえ、即座にその弱点を見抜くとはたいした洞察力だ。勘がいい人だとは知っていたが、編集者よりも探偵にでもなったほうがいいのではないか。あの華奢な靴で、根性の固まりだ。

長谷川の前で正一の名前を呼んだことを、今さらながら後悔した。『しょうちゃん』のモデルが友人だということは話したことがあったので、おそらく正一の名前の響きで当たりをつけたのだろう。

――もしくは、あのときの狼狽《ろうばい》を見抜かれたのか。

今朝、長谷川がわざわざ三郷村に戻りながら輔の元に顔を出さなかったのは、きっとわざとだ。昨日のほんの数分のやりとりで、なにを感じ取ったのかはわからない。それでも輔相手に正面から攻めるよりも正一を懐柔したほうが確率が高いと、そう踏んだのだろう。

正解だ。

輔はひと息吐いて、正一に向き直った。

「正一は、俺が絵本を終わらせるのには反対？」

「反対っていうか」

正一はわずかに目を伏せて、ビールグラスをテーブルに戻した。

グラスに浮かんだ水滴を指でなぞりながら、言葉を選んでいるようだった。結局グラスに口はつけず、うつむいたまま話しだす。

「俺はさ、最初、勝手に人形のモデルにされて、しかもそれが絵本になってるなんて冗談じゃないって、そう思ってた。正直、いきなりのことでわけがわからなかったし。でも今は、それだけでもなくて」

「うん」

「嬉しい気持ちも、……まぁ、すこしは」

暗い照明の中でも、正一の照れたさまがはっきり伝わってくる。ひとりでに口元がほころんだ。嬉しい気持ちもあるという言葉を、輔は胸の中で何度も反芻《はんすう》する。

そんな輔には気づかず、正一はゆっくりと言葉を続けた。

「村のみんなも、あの手紙を書いてくれた子供たちも、おまえの絵本を楽しみにしてるだろ？　俺はそれを知ってるから、そういう多くの人たちのためにも、続けられるならそうしたほうがいいとは思う」

「でも」と、顔を上げる。

「周りがどう思ったじゃなくて、結局、あの絵本は輔のものだろ？　だから、輔が続けるべきじゃないと決めたなら、それが答えなんだと思う。それに、おまえって実は意外と頑固だから」

そう言って、正一はどこか共犯者めいた笑みを浮かべる。

「もう決めたんだろ？」

「ああ、決めた」

「じゃあ、しょうがない」

それ以上、説得するつもりはないらしい。正一はようやくグラスに口をつけ、喉《のど》を鳴らした。輔が考えて決めたことを簡単に曲げる人間ではないと、長い付き合いでよく知っているためだろう。それに、たとえ恋人でも、粘土細工は輔の世界だ。無理に踏み込まずにいてくれることもありがたかった。正一のこうした空気と距離感が、心地よくて好きだ。

輔はグラスの酒を一気に呷《あお》り、腹を決めて正一に向き直る。

「今から、すっごく恥ずかしいこと言うぞ」

「なんだよ、いきなり」

「いいから、聞けって」

正一がきょとんと目をまるくする。

「あの絵本はさ、俺にとって、……ぶっちゃけ、正一そのものだったんだよ」

「俺そのもの？」

「そう」

輔がうなずく。

「かわいい動物やらなんやらでふんわり隠してるけど、外側の殻を全部ひんむいて中身を出せば、ドロドロの愛憎劇っていうか、妄想劇場っていうか。……あのころはさ、俺はおまえが好きで、おまえだって俺が好きなのに、ぜんぜん思うようにいかなかったし、あまつさえ、他の女と付き合えだの、周りがどうだのって逃げまわって、そのくせ、いつも近くをうろついて……、もう、こいつはアホか！　ていう！」

無意識に語調が強くなる。

「にんじんを前にぶら下げられて延々走りつづける馬の気持ちが、おまえにわかるか？　好物をお預けされつづける犬の気持ちが！」

テーブルの上でこぶしを握り締める輔に、正一がぽかんとする。

思いのほか声が大きくなりすぎてしまった。辺りがシンと静まり、輔も一気に我に返る。やばい。この空気は非常によくない。

「あの、ごめんな?」

おそるおそるというふうに正一に謝られ、輔は机に突っ伏したい気分だった。心底後悔した。口にするべきではなかった。これまでずっと抑え込んでいたのだ。言って興奮してしまうことは、なんとなく予想できていたのに。

「……やっぱ、言うんじゃやなかった」

ぽつりと零《こぼ》して、頭を抱える。

「せっかく今まで格好つけてたのに、台無しだ」

「格好つけてたんだ? 俺相手に」

この際だと漏らした本音に、正一が声を上げて笑った。

「正一が相手だからだろ」

「そりゃ、どうも」

「……とまあ、そんな感じでクレイアートを続けてたんだけどさ」

輔は苦笑しつつ続ける。

「今は違うんだよな」

「え?」

グラスを握る正一の手に、輔は自分の手をゆるく重ねた。

「まあ、もう一度ぶっちゃけると、幸せボケってヤツか？　正一とちゃんと付き合うようになって、粘土を作るときの気持ちなんかも変わってきたんだよ」

「おい、幸せボケって」

「言い方はアレけど、ほんとのことだし」

輔は開き直って言う。

「今はさ、もっと純粋に、粘土を触ること自体が楽しいんだ。余裕ができたっていうか、これまでみたいに自分に向けて作るだけじゃなくて、多くの人のほうを向いて、いろんなものを作りたくて。そういう気持ちっていうのか、まあ、欲求がこう、ムクムクと」

「それで、さっきも頼まれたってヤツのを作ってたのか？」

「え？」

「青い小鳥の……、なんだっけ」

「ああ、リングピローな」

笑う輔に、正一がふと首をかしげた。

「でも、誰かのためにクレイアートを作りたいって言うんなら、絵本だって同じじゃないのか？　待ってる人がいるっていう意味で違いはないだろ」

「まぁな。それに、絵本もまた作りたいって思ってるよ。自分の人形でひとつの世界を作っていくのって、単体のクレイアートとはべつの楽しさがあるし。それに、自分の中にあるものをかたちにするのに、俺には絵本が一番しっくりくるからな」

「へえ」

「でも、だからこそさ、『しょうちゃん』をこのまま続けていくことは、なんか違うと思ったんだよな」

「どうして？」

「あの絵本が俺にとってすごく大事で、同時に、子供のためのものだからだと思う。……おまえとの付き合い方が変わって、あの話は俺の中で完結したんだよ。はっきりとな。そういう自覚があるのに、無理に引き延ばすことはしたくないし、できない」

きっぱりとした口調で、輔は言う。

「絵本を作るなら、もっとちゃんと多くの人のほうを向いて、楽しんでもらうために作りたいんだ」

そこまで言って、思った以上にまじめに話している自分に気がついた。妙な気恥ずかしさを覚える。酒のせいにしようにも、まだ一杯も飲み干していない。たとえ正一であっても、こんなことはわざわざ誰かに話すようなことではないのに。熱すぎる。

「輔が、粘土のことを話すのってめずらしいな」

案の定、正一が意外そうにそう言う。ふっと優しげに目を細められ、自分が正一の生徒にでもなったような気がした。首の辺りが妙にくすぐったい。

やはり、正一は教員に向いている。そう思ったが、言わなかった。

輔は照れをごまかすように、冗談めいた口振りで話す。

「ま、次の絵本は、機会をもらえればの話だけどな」

「大丈夫だろ、輔なら」

「そうだといいな」

根拠などなくても、正一の言葉なら信じられる。ぎゅっと重ねた手を握り返す体温に、輔の胸が小さくはずんだ。

頼んでいた食事が届き、どちらからともなくパッと手を放す。そういえば、ここは店の中だった。正一といると、つい周りが目に入らなくなってしまう。

ふたりで顔を見合わせて、小さく笑った。


店で食事を済ませると、すぐに通り沿いにあるホテルに向かった。

シャワーを浴びて浴室から戻った正一を、輔はうむを言わさずベッドに引きずり込む。先にひとりで浴びるのではなかった。ベッドで待つほんの短い時間が、どれほどもどかしかったか。

輔は力強く、正一の裸体を抱き締める。うっすらと残るボディソープの匂いと、水気の残ったやわらかな髪と肌、そして自分よりもわずかに低い体温。そのすべてに輔の下腹部が熱くなる。

反応を示す下肢《かし》を軽く押しつけると、正一の耳が赤くなった。

「っ、輔、ちょっと待てって」

「無理だってわかってるくせに」

正一の体をすっぽりと包み込み、きつく抱いた。肉づきの薄いその体に触れられる悦《よろこ》びが、胸の奥から溢れる。好きだ。正一が好きすぎて、自分でもどうかというほどだった。その気持ちの大きさに、何度振りまわされてきただろう。

正一もその腕を輔の背中に回した。そして首元にそっと顔を埋《うず》める。そんな正一の仕草ひとつひとつに、心臓が大きく反応した。

「あのさ、輔」

「ん？」

どこか遠慮がちに言う正一に、輔が訊く。

けれどすぐに、「やっぱりいい」とはぐらかされた。もちろん、腕の中でそれは許さない。

輔は正一の耳に唇を押しあて、甘い声で囁《ささや》く。

「言えよ、気になるだろ」

「ん……」

ぴくりと正一の体が震える。ふと、回された手の力がゆるんだ。それでもためらう正一の口から、どうしても中断された言葉を引きだしたくなる。

耳朶《じだ》に舌を差し入れると、正一がためらいがちに口を開いた。続く言葉に、ギクリと心臓が跳ねた。

「長谷川さん」

「え」

「輔、あの人と……」

それきり正一は口を閉ざすが、それに繋がる言葉は聞かなくてもわかった。――あの人と寝たのかと、そう言いたいのだ。まさか、昨夜、長谷川との会話を聞かれていたのだろうか。平然としていたので、大丈夫だと思っていたのに。体の熱が急激に引いていく。

昔の話だ。長谷川とは今はなんでもない。それに、ただの勢いだった。正一に言うべき様々な言い訳がふくれ上がり、思考回路が混線する。過去のことで自分が焦る必要などないことはわかっているが、そう割りきることも難しい。

あれこれ迷ったあげく、輔の口から出たのは驚くほどシンプルなひと言だった。

「ごめん」

謝ったそばから後悔する。これでは逆効果だ。

「あっ、ごめんっていうのは、そういう意味じゃなくて、今は本当に誰とも」

「わかってるよ」

焦る輔に、正一が困ったように笑った。

「……ていうか、こっちこそごめん。前にあったことを、俺がどうこう言える立場じゃないのに、つい」

なんでもないようにそう言う正一にほっとする反面、ほんのすこし拍子抜けもする。繊細というか複雑というか、我ながら男心というものは厄介だと思う。

輔はふたたび正一を抱き締め、その唇に何度も軽いキスをした。それから露《あらわ》な正一の胸元へと舌を滑らせていく。

「ん……」

胸の突起を口に含み、優しく濡らす。音を立てて吸い上げると、正一の吐息《といき》がわずかに熱くなった。淡くふくらむ胸の粒を舌で転がしながら、輔は正一の性器に手を伸ばした。正一のそこはまだそれほどかたちを成していない。すでに兆している自分との差を感じ、こんなことにも少々気落ちした。

気のせいか、いつもよりずっと反応が鈍い気もする。

輔がそう思うのと同時に、ふと、正一が呟いた。

「ごめん、やっぱりだめだ」

「は？」

「――めちゃくちゃ腹立つ」

そう言うなり体を逆にされ、正一が覆い被さってきた。突然のことに反応を示す余裕もない。ぽかんと正一を見上げると、すぐに口づけが下りてきた。そのまま舌を差し込まれ、搦《から》めとられていく。

「他の人になんか触るな、馬鹿輔」

「っ、…正、一？」

頬を両手で包み込まれて深く貪られ、会話が中断する。

いつになく荒々しいキスに興奮した。正一が自分を求めている。自分の過去に妬いているのだ。それも無茶苦茶な言い分で。ふだんが感情のままに動くタイプではないぶん、身勝手な我《わ》が儘《まま》が嬉しかった。これが熱くならずにいられるか。

嬉しくてたまらず、輔からも積極的にキスに応えた。顔の角度を幾度も変えながら、正一の口腔《こうこう》をこちらから吸い上げる。ほんの少し唇が離れ、うっすらと濡れた正一の目と視線が交わった。頬が赤く染まり、唇はしどけなく開いている。

ふだんの正一とは違う表情に、いっそう欲情してしまう。

「輔……」

正一は呼吸を荒くして、今度は首筋に唇を落としてきた。その唇が下のほうへと下りていく。はっきりと欲情を感じるその行為に、輔はごくりと唾《つば》をのんだ。

早くも完全に硬くなった下肢に髪の毛先が触れ、くすぐったさに目をつむった。輔は上体を起こし、正一の前髪をかき分けて耳にかけてやる。

「いいの？」

「いい、……ていうか、したい」

正一は迷いもせず、輔の雄に舌を這《は》わせた。やわらかく濡れた感覚が切なく、喉を鳴らす。これまでも何度か抱き合ったが、正一が輔のものを口にするのは初めてだった。

熱くやわらかな感触が、性器の表面をなぞる。茎の部分から先へと這い上がり、窪《くぼ》みに滲《にじ》む欲情の滴を掬《すく》う。たまらず背筋が震えた。輔の反応に気をよくしたのか、正一の唇の動きがいっそう大胆になる。

「…っ、気持ちいいよ」

吐息まじりに告げると、正一がちらりとこちらを見上げてきた。目元が赤い。どことなくその目が嬉しそうだ。

この行為自体は輔も経験しているけれど、相手が正一となると体だけでなく心がひどく昂《たかぶ》った。好きな人が跪《ひざまず》いて奉仕している。こちらの反応を得ようと必死になって赤い舌を閃《ひらめ》かせている。窺《うかが》うように見上げられると、血流がすべて下肢に集まるようだった。これに興奮しない男はいるのか。

嫉妬《しっと》というとひどくみにくい感情のようだけれど、それが正一の中にもあることが嬉しかった。正一の心すべてをそれで満たしてもいいくらいだ。

茎を中心に舐《な》められ、切ない熱が下半身に溜《た》まってくる。もっと敏感な場所があると男ならばわかっているはずなのに、今はただ、この行為に必死なのだろう。焦らすつもりなどないのだろうが、慣れないためにうまく対応できないようだった。

そう思うと、達《い》くに達けないこのもどかしささえ癖《くせ》になりそうだ。

「正一、もっと、上も」

「……ん」

要求に素直に応え、正一は輔の先端をその口でくわえ込んだ。頼りないほどやわらかな粘膜に、敏感な器官を包まれる。同時に正一の前髪が腹に触れ、腰が跳ねた。溢れつづける液のえぐみのせいか、正一の目に涙が浮かぶ。それでもやめようとはしなかった。

輔は正一の髪を撫で、その耳朶を指で弄《もてあそ》んだ。そんな些細な刺激にも、正一は体をひくつかせる。濡れた睫《まつげ》が震える様に、とんでもなく欲情した。

水音を立てて淫猥《いんわい》に動く正一の唇に、さらに体が熱くなる。

「……ヤバい、ハマりそう」

あっという間に下肢が張り詰め、限界が近くなった。

拙くとも、弱い部分を重ねて刺激されるとたまらない。脈が速くなってくる。ぐっと上り詰めるのを感じ、輔は急いで正一の頭を下肢から離そうとした。しかし夢中になっていた正一は反応が遅く、吐精に間に合わなかった。

「…っつ」

息をころして放った精を、正一はその口で受け止める。どうしていいのか戸惑いを見せ、しかし覚悟を決めたように飲み干した。それから小さく咳《せ》き込んで、手の甲で口元を拭いながらこちらを見上げてくる。

「どう、だった?」

涙目で言う正一を、きつく抱き締めた。

最高だった。たまらなかった。そう口にするよりも、ただ全身で抱き締める。今までにないほど興奮している自分に気づいた。性器も硬いままだ。

今すぐ正一と繋がりたくておかしくなりそうだった。こんなに興奮させた正一が悪い。そんな身勝手な考えが頭を掠《かす》める。たった今放ったばかりだというのに、原始的な雄の欲求に抗《あらが》えない。

「正一、ごめん」

「いきなり、……っん!」

戸惑う正一をキスでだまらせ、ベッドに押し倒して後孔を指でほぐした。

ほんの数回の抽挿《ちゅうそう》の後、指を抜き、猛った性器で一気に奥まで貫く。何度も繋がった体は輔のかたちを覚えていて、根元まですんなりと挿入させることができた。それどころか正一の媚肉《びにく》は、輔の雄に猥《みだ》りがわしく絡みついてくる。

熱く脈動する粘膜に、思わず輔の息が詰まった。

「よかった、……大丈夫そうだ」

「はっ、ん、おまえ、急すぎ、…あっ」

「ごめん、でも、もうたまんなくて」

輔が息をはずませて笑うと、正一は拗《す》ねたように口を閉ざした。本当は怒っていると主張したいのだろうが、とろけたような表情で失敗している。

輔は正一の腰をつかんで抽挿を開始した。正一の快感を引きだすように、ゆっくりと打ちつけてやる。

「こっからは俺の番な」

「ん、んっ、あ……」

緩慢な動きでは満足できないのか、正一は輔の動きに合わせて腰を揺らしていた。求められるままに、輔はさらに激しくその体を貪った。腰のぶつかる音と水音とが部屋中に響き、淫猥な音にもさらに欲情する。

正一の好む場所を擦ってやると、明らかに正一の息が荒くなる。

「あ、あぁっ、ん、…くっ、はっ」

「正一、かわいい」

行為に応える素直な体が愛しくて、胸がぐっと熱くなる。快楽だけではない悦びが、たしかに輔を包む。もっと感じさせたい。抱き合っている瞬間だけでも、自分のことで正一の心をいっぱいにしたい。

輔はさらに激しく前立腺《ぜんりつせん》を責め立てた。

「ひっ、んっ、あ、待て、って」

「待つと思うか?」

強すぎる快楽が苦しいのか、身を捩《よじ》って逃れようとする正一を腕の中にきつく捉える。案外、強引に責めた方が正一が悦ぶことはわかっていた。輔は腰を引き、一気に奥深く打った。ぱくつく蕾《つぼみ》に、正一の絶頂が近づくのを感じる。

「正一、好きだ、……ほんと、どうにかなりそう」

うわごとのように言いながら、正一を追い立てていく。蕾のひくつきがだんだん激しくなり、締めつけられる雄が苦しいほどになってきている。正一にとっては最初の、輔にとっては二度目の放出が目前だった。

ふと、正一が喘《あえ》ぎのような小さな声を上げた。がくがくと揺さぶられながら、懸命に言葉を続ける。

「お、俺、も」

荒い吐息とともに、途切れがちに声を出す。

「俺も、好き、…輔、……好き」

熱に浮かされたように喘ぎながら、正一がきつく抱きついてくる。

密着する体の熱がたまらなかった。快感が過ぎるのか、唇の端から唾液《だえき》が伝い落ちる。輔は舌でそれを舐め取り、ふたたび深いキスをした。激しく舌を絡ませ、溢れる唾液をのみ込む。正一のものだと思うと、それすら愛しい。

「正一……っ」

溶け合いそうなほどの深い射精をほぼ同時に迎え、ふたりでベッドに引っ繰り返った。汗ばんだ体。どろどろのシーツ。わずらわしいはずなのに、正一の体温が恋しくて離れがたい。そのままもう一度抱き締めると、正一が目を閉じたまま言った。

わずかに声が掠れている。

「なぁ」

「ん？」

「家を出て、他に部屋を借りようと思ってるんだ」

寝耳に水の話に、輔は思わず上体を起こす。仰向《あおむ》けに寝ている正一を見下ろし、汗で張りついた前髪を整えてやりながら輔が訊いた。

「おばさんはいいのか？　ひとりになるだろ」

「あの人はむしろ、いい年した男がいつまで家にいるつもりだってうるさいくらいだから。もともと、気楽なひとり暮らしが性に合ってたみたいだし」

「そうか」

なんとなく現実味のないままに言ってみる。

「じゃあ、職員用の？　学校の近くにあったよな、たしか」

「最初はそれも考えたんだけど、あそこだと職場の人ばっかりになるだろ？」

「なんかまずい？」

「まずいっていうか、おまえが来たときに……」

「ああ、声が」

「あけすけな言い方するなよ」

苦笑と一緒に、腹に軽いジャブを食らった。

「それがなくても、職場の人ばっかりだと、かえって今の家より往き来がしにくくなるから。輔が来られないんじゃ、引っ越す意味がない」

正一の引っ越しの意図を知り、一気に気持ちがはずんだ。どうしようもなく頰がゆるむ。自分との生活のために環境を変えようとしてくれていることが嬉しかった。それも当然のことのように、ごく自然に。

正一と気持ちが通じ合ったことで輔は変わった。同じように、正一も。子供のころからの幼なじみで一緒にいることが当たり前で、一見なにも変わらない日々の中でも、たしかに育まれていくものはある。

過ごすほどに大きくなる、正一への愛しさと同様だ。

「それに、今日みたいにさ」

ふと、正一が苦笑まじりに言う。

「親の夜勤しだいっていうのも、さすがにちょっとな。この年で、高校生のカップルじゃあるまいし」

続く言葉に、輔は声を上げて笑った。同じことを思っていたのかと、おかしくて、愛しくてたまらなかった。

4

二月終わりの東京の空は晴れていた。

九階建てのビルを出て、輔は忙《せわ》しなく人の行き交うオフィス街の通りを見渡す。昼をすこし過ぎたころで、まだ日が高かった。空を見上げると、にょきにょきと四方に林立するビルが額縁のように見えた。おもしろいかたちの空だ。粘土でこの空を表現したら、きっと楽しいだろう。

「犀川《さいかわ》さん！」

ビルを出て駅に向かうひとつ目の交差点で、そう呼び止められる。

振り返ると長谷川が立っていた。

正一と過ごした週末明けの月曜日。輔はきのこ社を訪ねるため、朝一の飛行機に乗った。シリーズの終了を改めて出版社に申し入れるためだ。

連絡を入れずに突然訪ねたせいで驚かれたが、表面上は和やかな雰囲気で話し合うことができた。長谷川と編集長、それからもうふたり、どちらも男性でなんとか部長という肩書きだったけれど、営業だったか販売だったか、名刺を確認しないと思いだせない。

二時間ほどの話し合いを経て、ようやく終了の了解を得ることができた。初老の編集長は、一時休止というかたちにしてまた気持ちが戻ったときに再開すればいいとも提案してくれたが、それにも頭を下げて断りを入れた。

輔は交差点を背にして長谷川の元に引き返す。

むっつりとこちらを見据《みす》えたまま、長谷川が口を開いた。

「いきなり会社まで来られても、こっちにも予定があるんですけど」

「先週はそっちがいきなり来ただろ?」

「それは、あなたが電話に出ないからよ」

長谷川はそうぼやき、それから小さく肩をすくめた。

「……説得は通じなかったか」

「残念ながらね」

目のつけ所はよかったんだけどと、心の中だけで付けくわえる。

これまで世話になった相手の希望に添えないことは心苦しいが、これぱかりは輔にもどうしようもなかった。輔は粘土細工が好きだ。農業と同じだ。農業の場合は自然に従うが、粘土細工は自分の心に従う。自分に嘘はつけない。どちらも大事で、必要だからこそ、このやり方だけは変えられない。

「勝手ばっかり言って悪かったな」

「ほんとよ」

怒ったように言い、しかしすぐに苦笑を浮かべた。

「だけど、驚いた」

「え？」

「どうして個展を引き受けてくれる気になったの？」

「ああ、その話か」

「これまでは、イベントごとにはあんまり興味なかったでしょう。ずっと断られてたのに、いきなりどうしたのかと思って。これからは、その時間ができるから？」

「それもあるけど」

輔が答えた。

「これで、ひとつの区切りになると思ったからだよ」

「区切り？」

「そうだよ、『しょうちゃん』のな。俺のほうでも、そうなるように気合いを入れて取り組むつもりだし。図録もちょっと捻《ひね》ったのを作って、今出してる絵本と並べて会場で売れば、……まあ、言い方は悪いけど、すこしはそっちの足しにもなるだろ」

そう言っていたずらっぽく笑うと、長谷川がきょとんと目をまるくした。

「たいした自信家ね、今から成功するつもりだなんて」

「なんだよ、個展だなんだってそっちから言いだしておいて、不安なのか？」

「まさか」

長谷川が輔以上に自信に満ちた表情でほほえむ。

それからすぐに感慨深そうに呟いた。

「やっぱりさみしいけど……、それ以上に楽しみだわ」

「ああ」

「素晴らしい個展にしてくださいね。みんなが『しょうちゃん』を、もっと好きになってくれるような」

そう言って、長谷川はビルのほうへと戻っていった。輔もすぐに踵を返し、駅に向かう。ちょうど信号が青になり、交差点に踏みだした。三郷村に戻るのだ。

人混みの中を歩きながら、頭の中は開催する個展のことでいっぱいだった。長谷川に言われるまでもない。『しょうちゃん』に関わってくれた人たち、とくに絵本を読んでくれた子供たちに心から楽しんでもらえるような、遊び心満載の展覧会にするつもりだ。この辺りは教員である正一の手も借りようと、勝手な算段をする。

村に戻ったら、一番に正一に会いにいこう。

個展を開催すると伝えたら、どんな反応をするだろうか。驚いた顔や呆れた顔、様々な正一の顔を想像して、やはり喜んでほしいと思った。正一がいなければ、『しょうちゃん』は生まれなかったのだから。

冷たく乾いた風が頬を刺し、輔は首に巻きつけたマフラーに深く顔を埋めた。しゅんしゅんと歌う作業小屋のストーブが恋しい。この季節にも暑すぎる小屋の中で、早く粘土を捏ねたかった。結露を拭った窓の外に、もう雪は積もっていない。

小屋の中には正一と、おまけにチビとハチでもいれば、それだけで充分だ。

ちいさな愛のもくろみ

1

正一《しょういち》が羽田《はねだ》空港を出てホテルに着いたころには、すでに夜の十時を過ぎていた。

気づけばもう十月も半ばだ。銀座《ぎんざ》の街のあちらこちらで秋めいた装飾を目にしたけれど、都会の夜の賑《にぎ》やかさを味わうにはすこし疲れている。金曜の授業を終えた後、その足で東京行きの飛行機に乗ったためだ。明日の予定のためにも、今夜はゆっくりと体を休めておきたかった。

明日から二週間、銀座の一画にあるギャラリーで『しょうちゃん展』が開催される。

初日に見てほしいからと、輔《たすく》に招待されていた。個展の準備で忙しい中、今夜のホテルを手配してくれたのも輔だ。どうせふたりで泊まるのだから「ついで」だと、輔はいつもの調子でのんきに笑っていた。

ホテルのレセプションで鍵《かぎ》を受け取る。荷物はトートバッグひとつで身軽なため、ベルボーイの案内は断って高層階にある部屋に向かった。

しかし部屋に入って数歩進み、正一はその場で立ち尽くしてしまう。

「……なに考えてんだ、あいつ」

思わず、乾いた笑いが出た。

広い室内には、ベッドルームの他に、リビングや応接間と思わしき空間があった。アイボリーを基調とした上品で落ち着いた室内からは、都会の夜景を一望することもできる。煌々《こうこう》ときらめくシャンデリア、繊細なデザインのアンティークランプ、用途目的の不明なマホガニー製の書斎デスク。

心なしか、歩くと足元がふかふかする。

もしかしなくても、これがスイートルームというやつなのか。

こんな浮き世離れした部屋は自分にも輔にも縁がないと思っていたが、そういえば輔は、人気絵本作家兼クレイアート作家なのだ。いつも泥だらけの作業着姿なので意識することはないけれど、今年の春に正一が引っ越した際にも、「せっかくだから家でも建てるか」と気軽にのたまった男だった。

もちろん聞かなかったことにして、三郷村《みさとむら》の隣市にあるマンションを自分で借りてやった。

奥に進んでベッドルームを覗《のぞ》く。そこにはキングサイズのベッドがひとつ、どでんと鎮座《ちんざ》していた。

――まさかのダブルだ。男ふたりで。

くらくらする頭を抱えて、正一は深く息を吐いた。

ベルボーイの案内を辞退して正解だったと心底感じる。ホテル側からすれば案外よくあることかもしれないが、正一にはそうではない。もうすこしでかなり気まずい思いをするところだった。背筋が冷える。

ただ、ダブルの部屋を予約する辺り、らしいといえば輔らしかった。見た目は山男のくせに、心は夢見るロマンチストなのだ。

怒るよりも呆《あき》れるような、それでいてほほえましいような気分になる。

リビングのソファに荷物を置き、二方向に広がる窓から夜景を見下ろした。明日から『しょうちゃん展』が開催される建物はどれだろうか。地図を読むのは得意なほうだが、眼下に広がる光の粒から見つけだすことは難しかった。

『しょうちゃん展』は、今月のアニメ放送開始と時期を合わせたと、輔から聞いている。そのため、決定してから短期間での開催になったらしい。東京の他にも、順次四都市での開催が決まっていた。子供のころから知っている幼なじみの輔が、日本のあちこちで個展を開くなんて。未《いま》だに変な感じがする。

輔がホテルに戻る気配はない。

すでに遅い時間だけれど、今もまだ準備を続けているのだろう。これほどの部屋を取っておいてもったいない気はするが、元の目的は個展の開催だ。

正一はポケットから携帯電話を取り出す。ホテルに到着したことを輔にメールするべきかすこしだけ迷って、やはりやめた。今連絡をしても邪魔になるだけだろう。携帯電話をふたたびポケットに突っ込んで、夜景に背を向ける。

明日に備えて、今夜は早く眠りにつくことにした。


「う、うぅ……」

腹の辺りに重苦しさを覚え、正一は呻《うめ》きながら目を開ける。

重苦しさの正体は、輔の腕だった。いつの間にホテルに戻ってきたのだろうか。輔は外着のままで、着替えてもいない。部屋に入るなりベッドに倒れ込んだような様子で、正一の体にのしかかって眠っていた。長身を斜めにして眠っているせいで、広いベッドが小さく目に映る。

そっと輔の腕を退けて、正一は上体を起こした。

時計を確認すると、すでに明け方といえる時間だった。暗い夜の部屋の中でも、輔がどことなくやつれているのがわかる。体力自慢の輔でも、初めての個展の準備で疲れているのだろう。

うつぶせた顔からは寝息も聞こえない。このままにはできないけれど、無理に起こすのも忍びなかった。

正一は小さく息を吐き、輔の頭を撫《な》でる。無理をしてほしくない気持ちはあるけれど、遅い時間までひたむきに頑張る輔に、胸の奥がじわりと温かくなる。それと同時に、誇らしい気持ちにもなった。

『しょうちゃん展』だけではなく、今は田んぼのほうも収穫の季節で繁忙期だ。さすがに今回ばかりは両方は手が回らないようで、親戚《しんせき》伝いに何人か手伝いを頼んだらしい。こんな時期にと、輔の父親はひどく腹を立てていたと聞く。しかし不満を漏《も》らす父親は他の家族や村の人たちの集中砲火《ほうか》を受けたようで、今ではせいぜいたまに嫌みを言うくらいだと輔が笑っていた。

三郷村の住人も、『しょうちゃん展』の開催を誇りに思っているのだ。

それでも、農作業の合間をぬい、父親に小言を言われながら粘土制作を続けるのは大変だろう。そんな輔が、正一はたまに不思議になる。創作のことは正一にはよくわからない。ただ、忙しさの中でも楽しそうに走りまわっている輔を見ると、つい応援したくなった。個展の開催に向けて邁進《まいしん》する輔に、見ているこちらのほうが元気づけられる。

個展の準備は終わったのか。塩梅《あんばい》はどうなのか。

聞きたいことは山ほどあるが、今はそっとしておこうと決める。せめてすこしでも体の疲れが取れるようにとその体にシーツをかけていると、ふと、輔が目を開けた。

「悪い、起こしたか？」

「んー……」

そう短く答えて、輔は正一の体に腕を回す。

「戻ってきたなら、起こしてくれてもよかったのに」

「気持ちよさそうに寝てたからなぁ」

正一の腹にがっちりと抱きついて、寝言のようにそんなことを言う。まるでユーカリの木にしがみつくコアラだ。思わず笑みが漏れる。

「起きたなら、シャワーだけでも浴びてこいよ。めっちゃ広い風呂だったから、疲れが取れるぞ……ていうか、なんなんだよ、この部屋は？　しかもダブルって、どんな顔で予約したんだ？」

「そりゃ、この顔で」

ひょいと、輔が顔を上げる。それからごろんと寝返りを打ち、正一が膝枕《ひざまくら》をするかたちになった。輔が赤い寝ぼけ眼《まなこ》のままでこちらを見上げて笑いかける。

「今回は旅行ってわけじゃないけどさ、正一と泊まりなんて久々だから、ちょっと贅沢《ぜいたく》しようかと思って」

「俺が実家にいたときは、散々ビジホに泊まってただろ？」

「あれはノーカウント」

楽しげに目を細める輔に、正一は苦笑する。

「部屋代の支払は分割にしてくれよな。下っ端教員の身分じゃ、ちょっとした贅沢気分で、こんなとこには泊まれないんだよ」

半分本気で輔の鼻を摘《つま》み上げる。しばらくしてから手を放してやると、輔が息を吐くのと同時に「いらないよ」と答えた。

「そんなの気にするなって。こっちに呼んだのは俺なんだから。それに個展のことでさ、子供たちの好きそうなこととか、他にもいろいろ、正一にはアドバイスしてもらったから。そのお礼も兼ねてな」

「ずいぶん高いアドバイス料だな」

「安いもんだよ。正一と泊まれるんなら」

「……おまえといると、たまに自分がどこかのお嬢様にでもなった気がするよ」

呆れまじりに話す正一に、輔が声を上げて笑う。

「正一お嬢様か、萌《も》えるな」

「燃える?」

「いやいや、こっちの話」

ふふふ、と輔が不穏な笑みを浮かべる。それにはかすかに首をかしげるだけで、正一は軽く身を乗りだした。

「だけど、今夜はべつに泊まったほうがよかったんじゃないか？」

「なんで？」

「個展の準備で疲れてるだろ？　だいたい、明日からが本番なのに。ひとりのほうが疲れが取れるんじゃないかと思って」

「疲れたときこそ、正一に充電してもらわないと」

「逆に放電になりそうだけど」

正一はくすりと笑い、体を屈《かが》めて輔にキスをする。輔も首を伸ばし、口づけに応じた。戯れるように、軽く何度も唇《くちびる》を重ね合う。

キスの合間に、輔が言った。

「いろいろと落ち着いたらさ」

「うん」

「本当の旅行に行かないか？」

「旅行って、国内？　海外？」

「国内でもいいけど、とりあえず南国だな。海が透きとおってて、空がきれいで、ちっちゃいオレンジの魚とかいるとこ。プライベートビーチのあるホテルに泊まって、ジェット乗って、魚と泳いで、ぶっとい肉食って、頭空っぽにして、一日中イチャイチャしてゴロゴロしたい」

一瞬きょとんとして、正一はふきだす。

「おまえ、やっぱり疲れてるな」

「……なんでもいいから、イチャゴロしたい」

「べつにいいけどさ」

正一の了承に、輔が嬉《うれ》しそうに白い歯を見せる。

「じゃあ、休みだけ教えといてくれよ。いろいろ調べとくから」

「旅行では、男ふたりでまたダブルなんて勘弁だからな」

「大丈夫だって、南国なら」

「どういう理屈だよ」

苦笑していると、頬《ほお》に輔の手のひらが伸びてきた。

その手に自分の手を重ね、ふたたび口づけ合う。キスに夢中になっているうちに、いつの間にかベッドに押し倒されていた。バスローブの紐《ひも》をほどかれ、正一はゆっくりと輔の体を押し返す。

「明日——ていうか、あと何時間かしたら個展だろ?」

「知ってる」

「当たり前だ…って、おい」

正一の制止も聞かず、輔が首元に顔を埋《うず》めてくる。

「……馬鹿、やめとけって」

「好物を前にした男ほど馬鹿な生き物はいないってな」

ぐっと、衣服の下で硬くなっている雄を押しつけられた。呆れるほどに熱を持っているのは、疲れているせいもあるのかもしれない。疲労するほどに燃え上がる、ということは往々にしてあることだ。

こうなった状態で放っておかれるのもつらいだろう。正一は苦笑を漏らして輔の服を脱がしにかかった。

「明日になって後悔しても知らないからな」

「まさか」

嬉しそうに言う輔に、正一も腹をくくる。輔の体が心配なだけで、こちらとしてはまあ、満更でもない。

朝のアラームを聞くころに、ふたりはようやく眠りにつくのだった。


翌朝、すこし街を歩こうと、正一は早いうちにホテルを出た。

『しょうちゃん展』の準備があるためだろう。正一が起きたときにはすでに、輔は部屋にいなかった。おそらく、一、二時間も眠れなかったはずだが、大丈夫なのだろうか。朝の銀座の街を歩きながら、そんなことを思う。

美しく整備された街にやわらかな秋日が差す。土曜日の朝だというのに人通りはまばらで、なんとなく拍子抜けしたような気分だった。都会には人が多いのだろうと、意識せず身構えていた自分に気がつく。

今歩いている通りにも、横目に通りすぎた百貨店にも、幼いころに親に連れられてきたはずなのに、もうほとんど憶《おぼ》えていなかった。東京に足を運んだのは十六年ぶりだ。久々の訪問になにか感じるかと思ったけれど、昨晩東京に到着してから今まで、懐かしいという感慨を覚えることは一度もなかった。実際に暮らしていた土地は銀座ではない。しかしそんなことが理由ではない気がした。

正一の子供のころの思い出が、いつの間にか三郷村の日々でいっぱいになっているためだろう。

すっかり観光客気分で、心の中で鼻歌まじりに街を歩いた。ふだんなかなか触れることのない都会の景色は楽しいし、なによりこれから輔の個展がある。一歩足を踏みだすごとに、胸が浮き立った。

そうしているうちに、あっという間に個展の会場に到着してしまう。

散策がてらゆっくりと歩いていたつもりだったが、まだ開場の三十分以上も前だ。時間前にもかかわらず、会場の前にはすでに多くの人が並んでいた。すごい。長蛇の列だ。いったいいつから並んでいたのだろうか。家族連れや女性を中心に人が集まっている。

にわかに興奮しながら、勇み足で最後尾に向かっていると、ふいに携帯電話が震えた。輔からの着信だ。

「もしもし」

正一は慌てて電話に出る。

『おはようさん』とのんびり声が返ってきた。

『そろそろ始まるけど、ホテルはもう出たか？』

「ああ、もう会場の前にいる。……それより輔、建物の前、すっごい数の人がいるぞ。これ、本当にお前の粘土を観に来た人たちなんだよな？　勘違いじゃないよな？　……どうしよう、なんか俺のほうが緊張してきた」

固唾《かたず》をのみ、ひそひそと小声で告げる。そんな正一がおかしいのか、輔は『あはは』と、声を上げて笑った。

『それ、勘違いだったらかなりショックだなぁ。ま、着いたんならさ、裏口から入ってこいよ。迎えにいくように誰か頼むから』

「え、でも」

『いいから、いいから。今、列に並んでるんだよな？　どこらへん？　なんか目印になるようなものとかある？』

「いや、ほんとにいいって」

正一がひとり焦っていると、輔を呼ぶ声が電話の向こうで小さく聞こえた。

『っと、悪いけどもう切るな。じゃあ、また後で』

「えっ、ちょっと待って――」

言い終わるのを待たずに電話を切られてしまった。開場の直前で忙しいのだろう。電話の向こうがわずかにざわついていた。

そんな中で、輔が気にかけて電話をくれたことは嬉しい。しかし、列を実際に目にした正一としては、どうしても後ろめたく感じてしまう。断ろうにも今の輔に電話をかけ返すこともできずに八方塞《はっぽうふさ》がりだ。

そうして迷っているうちに、「篠田《しのだ》さーん、いますかー」という声が聞こえてハッとする。ラフなジーンズ姿の若い男だった。個展のスタッフだろうか。輔のよこした迎えに違いない。

もう一度、今度はフルネームで呼ばれる。

さすがに知らないふりもできず、正一はそそくさと男の元に向かった。一応は『しょうちゃん』のモデルの役得ということで、他の人たちには許してもらおう。すみません、と心の中で両手を合わせながら男についていく。

搬入口に案内され、迷路のような裏口を抜けて、ようやく展覧会場の受付に辿《たど》り着いた。

さすがに準備自体は終わっているようで、想像していたよりずっと落ち着いた雰囲気だった。あちこちに人の姿はあっても、あまり会話は聞こえない。

ピンと張り詰めた空気を感じ、こちらも身が引き締まる。

もうすぐ開場を迎える緊張感だろう。

輔を呼んでくるという男に礼を告げて、正一は会場に並ぶ人形たちのほうへと、そろそろと目線を向けた。

楽しみなはずなのに妙なものだ。鼓動が高鳴って破裂しそうだった。テストの返却を待つ子供にでもなった気分だ。『しょうちゃん展』は輔の個展だ。正一が作った人形が並ぶというわけでもないのに、自分のことのようにハラハラしてしまう。

しかし顔を上げるのと同時に、ふっと正一の体が軽くなる。

入口に並ぶ、等身大の『しょうちゃん』と『サイゾウ』と目が合った瞬間だった。

ふたりが大きな絵本の中から、勢いよく飛びだしてくる。絵本の世界から現実へ。こちらの世界へ。『しょうちゃん』と『サイゾウ』がたしかにそこにいる。絵本で見るのとは段違いの躍動感だ。

「すごい……」

思わず小さく声を漏らし、引きよせられるようにふたりの元に向かう。

「正一！」

「──っ！」

いきなり背後から声をかけられ、正一はその場で飛び上がりそうになった。そのまま前につんのめりそうになるのを、どうにかこらえる。目前の人形は展覧会場の一体目だ。ひときわ重要な人形だということくらい、素人《しろうと》の正一でも想像できた。

正一は錆《さ》びたブリキ人形のような動きで、ぎこちなく後ろの輔を振り返る。

「こ、壊すかと思った……」

今になって震えがくる。今にも卒倒しそうな正一に、輔がやはりカラカラと笑った。笑いごとじゃないと言いたいが、まだ心臓が大きく跳ねていて言葉にならない。

「壊したら、正一が代わりに立っとけばいいよ」

「冗談言ってる場合じゃないだろ」

ひそかに深呼吸して気持ちを落ち着け、正一は輔に向き直った。

昨夜──というか今朝まで目の下に隈を作ってやつれていたはずが、今の輔はつやつやと血色がよく生気が溢《あふ》れている。ほとんど眠っていないはずなのにバケモノか。

正一は感心しつつ、先ほど驚かされた仕返しに輔をからかう。

「つい数時間前まで、南国で頭空っぽにしたいって弱音を吐いてた男とは思えないな」

「なんのこと？」

あっさりとぼけられ、正一は肩をすくめた。

仕返しは失敗したけれど、いきいきと個展に臨む輔に胸が熱くなったので気にならない。ふだんの裏方役でいる輔はよく知っている。しかし今日は、いわば晴れ舞台だ。

いつもの鷹揚《おうよう》とした態度ももちろん好きだが、今のように背筋の伸びた外向きの輔にも心を惹かれる。迷いのない自信に満ちた目がいい。ゆるやかに弧《こ》を描く口角も穏やかな声も、いくつもの夢を生みだすその筋張った大きな手も。いい男だ。俺の男だ。

輔が入口の『しょうちゃん』たちを眺《なが》め、嬉しそうに言った。

「飛びだす絵本ってあるだろ？　あれ、実際にやれないかと思ってさ」

「ああ、なるほど」

入口の二体を始め、展覧会場の中にも絵本から出てくるような人形たちがいくつか目についた。

「絵本のキャラクターたちと一緒に遊べる感じにしたかったんだ。絵本から飛びでてきて、本当にいるんだってリアルに感じられたらワクワクするだろうなって」

そう言って、輔が嬉しそうに破顔する。

展覧会場には、絵本の巻数ごとに実際に使用された人形たちがまとめて飾られていた。一冊目から二冊目、三冊目、四冊目と続いている。色とりどりの、ユニークな世界。主人公のふたりも、いじわるな役のチビなゆうれい猫も、通りすがりのパン屋さんも、道端に生えている花も草も、ひとつひとつがきらきらと輝いて見えた。

そうした小さな絵本の人形たちを、等身大の『しょうちゃん』たちが驚いたり、笑ったり、ときには怒ったりしながら覗き込んでいた。まるで一緒になって展覧会を観てまわっているみたいだ。

自分まで絵本の世界に迷い込んだような気分になる。

「正一がアドバイスしてくれたおかげだ」

突然そんなことを言われ、正一はふと輔の横顔に目線を向けた。

「アドバイスってほど、立派なことは言えなかったけどな」

「そんなことないって。個展をするなら子供たちが身近に感じられるのがいいんじゃないかって、正一が言ってくれただろ？　たしかにそうだなって、わりとそこを中心に考えていったから」

「力になれたならよかったよ」

そんな抽象的な言葉で本当に役に立てたのだろうか。

思わず苦笑して前に向き直る。あっという間に場内ほとんどの人形を見終わり、最後となる展示台に向かった。すべてを見終えてしまうことがなごり惜しくて、無意識に歩く速度がゆるまる。

もうすぐ、現実に戻ってしまうことがさみしい。

そんなことを思い、正一はすぐに我に返った。これでは輔のことばかりをロマンチックだなんだと笑えない。妙なくすぐったさを覚えて目線を泳がせていると、ふと、視界に入った人形に立ちすくんだ。

心が揺れる。自分の周りだけ時間が止まってしまったような、奇妙な感覚だった。体を包むすべてが鈍く、今、この目に映るものだけがすべてだ。呼吸も瞬きも忘れて、食い入るようにただ見つめる。

それは、小さな人形だった。

絵本に出てくる賑やかな人形たちに紛れてこっそりと、懐かしいその人形はいた。しかし、どうしてこの人形がここにあるのだろうか。輔の絵本に出てきたことなど、けっしてないはずなのに。

「輔、なんで」

静かに動揺する正一に、輔がいたずらめいた笑みを浮かべた。

「この個展さ」

「え？」

「一番に、正一に観てもらえてよかったよ」

突然そんなことを言われ、正一はますます目をまるくする。人形のことを尋ねることも忘れて、ほほえむ輔を見返した。

もう間もなく開場の時刻だ。

輔は時計を確認し、一度外に出なければと正一を促した。『しょうちゃん』に会いに来てくれた人々を、ようやく迎え入れることができるのだ。輔の雰囲気が一気に引き締まる。背筋を伸ばし、たしかな足取りでまっすぐ受付へと向かった。

その背中を追いながら、正一はもう一度、先ほどの人形を振り返る。

その人形の体は白く長く、鱗《うろこ》で覆われていた。ふさふさと風になびくたてがみは今にも動きだしそうだ。尻尾が少し欠けている。面長《おもなが》の顔には紅い目がふたつ。子供のころに学校帰りの山道で輔と頬ばった、小さなすぐりの実のような。

すぐりの酸《す》っぱさが口中に広がった気がして、たまらず唾《つば》をのんだ。もう心は揺れなかった。幼いもくろみは、どうやら成功したらしい。

懐かしい酸味を、心の中で笑い飛ばす。

手のひらに収まるほどの小さな竜は、たしかに幸いを届けてくれた。

あとがき

ルチル文庫様からははじめまして、田知花千夏です。この度は「もうちょっとで愛」をお手にとってくださり、ありがとうございました。

本作は、私にとって通算十冊目の本となります。また、発売月である十二月は、デビューからちょうど丸三年という、個人的に感慨深い月でもあります。まずは三年書き続ける、そして十冊の本を出す、という密かに掲げていた目標を同時に達成することができ、胸がいっぱいです。ありがたくもご縁のあるすべての方に、この場でお礼を申し上げます。

さて、今回のお話の前編（「もうちょっとで愛」）は、私がデビューをする以前に書いたものです。今から四年ほど前でしょうか。そもそも小説の書き方がよくわからず、右往左往しながらも好きなものをいっぱいに詰め込んで書いた記憶があります。思い入れの深い作品で、文庫化にあたって、続き（「もうとっくに愛」「ちいさな愛のもくろみ」）を書けたことは大きな喜びでした。

街のどこにでもいそうな正一や輔だからか、私にとって、とても身近なキャラクターです。そのためか、私が考えながら執筆していくというよりも、執筆しながら彼らの選択を知り、私のほうが驚いたり応援したりという、奇妙な感覚で話を書きすすめることができました。

エンドマークをつけた今では、ふたりを友人のようにも感じています。たまには小さなケンカをしながらも、ふたりで楽しく暮らしてほしいです。

ちなみに、お話の舞台となる三郷村は、私の祖父の村をモデルとしています。

飼い犬がふらりと脱走したかと思うと、兎を咥えて帰ってきてその日の夕食が兎鍋になったり、祖父が山で集めた薬草（調合済み）の瓶がずらりと並んでいたり、虫が異様に大きかったり、リアルに風呂が薪だったりと、とてもワイルドなところです。夜中の御不浄は恐怖でした。土間に下りなければ行けない離れた場所にあるうえ、ぼっとんだったのです。辺りは真っ暗闇、聞こえるのは虫の鳴き声……、下からお化けの手が出てきたらどうしよう！と子供のころは本気で怯えていました（笑）

とはいえ、今となっては楽しい思い出ばかりで、正一や、特に輔はこうした生活を送っていたのかしらと想像すると楽しくなります。

そういえば、私の理想とする男性像に、「無人島でも生き残れそう」というかなり重要な項目があるのですが、輔はわりとそのタイプです。もしも正一とふたりで無人島に放り込まれても、ナイフ一本あれば文明のない生活にもすぐに慣れていきそうです。電気もガスもない中で大変苦労するでしょうが、そのうち自分で家を建てたり、川からよっこらせと水を引いたりもしそうです。

正一も正一で、最初は愕然としながらも輔の励ましですこしずつ前を向き、そのうち火熾しなんかもマスターしてどんぐりのパンなどを焼けるようになるかもしれません。親猿とはぐれた孤独な子猿（命名、よしお）に懐かれ、その子をふたりの子供に楽しい家族計画。果たして、そんなふたりの未来を望む方がいるのかは謎ですが。

今回、透明感のあるイラストで作品をいきいきと彩ってくださったのは、のあ子先生です。キャラクターはもちろん、クレイアートなどの細かい部分まで丁寧に表現してくださり、イラストを拝見したときはわくわくときゅんきゅんが止まりませんでした！　のあ子先生、お忙しい中、本当にありがとうございました。

そして、今回初めてお世話になりました、担当様。このふたりのお話をいつか本にできたらと、ずっと願っておりました。埃をかぶって眠っていたお話に日の光を浴びる機会をくださり、本当にありがとうございます。今後ともどうぞ、よろしくお願いいたします。

最後になりますが、あとがきまでお付き合いくださった読者様に、深く感謝を申し上げます。こうして小説を書きつづけることができるのは、ひとえに手に取ってお読みくださる方がいらっしゃればこそです。すこしでもお楽しみいただけますように。

それではまた、次の本でお目にかかれることを願っております。

二〇一四年一一月　　田知花　千夏

✦初出　もうちょっとで愛……………書き下ろし
もうとっくに愛……………書き下ろし
ちいさな愛のもくろみ……………書き下ろし

田知花千夏先生、のあ子先生へのお便り、本作品に関するご意見、ご感想などは
〒151-0051 東京都渋谷区千駄ヶ谷 4-9-7
幻冬舎コミックス　ルチル文庫「もうちょっとで愛」係まで。

幻冬舎ルチル文庫

もうちょっとで愛

2014年12月20日　第1刷発行

✦著者	田知花千夏　たちばな ちか
✦発行人	伊藤嘉彦
✦発行元	株式会社 幻冬舎コミックス 〒151-0051 東京都渋谷区千駄ヶ谷 4-9-7 電話 03(5411)6431［編集］
✦発売元	株式会社 幻冬舎 〒151-0051 東京都渋谷区千駄ヶ谷 4-9-7 電話 03(5411)6222［営業］ 振替 00120-8-767643
✦印刷・製本所	中央精版印刷株式会社

✦検印廃止

ISBN978-4-344-83319-7　C0193　Printed in Japan

ルチル文庫

イラストレーター募集

ルチル文庫ではイラストレーターを随時募集しています。

◆ルチル文庫の中から好きな作品を選んで、模写ではない
あなたのオリジナルのイラストを描いてご応募ください。

1 表紙用カラーイラスト

2 モノクロイラスト《人物全身、背景の入ったもの》

3 モノクロイラスト《人物アップ》

4 モノクロイラスト《キス・Hシーン》

上記4点のイラストを、下記の応募要項に沿ってお送りください。

応募のきまり

○応募資格

プロ・アマ、性別は問いません。ただし、応募作品は未発表・未投稿のオリジナル作品に限ります。

○原稿のサイズ

A4

○データ原稿について

Photoshop（Ver.5.0以降）形式で保存し、MOまたはCD-Rにてご応募ください。その際は必ず出力見本をつけてください。

○応募上の注意

あなたの氏名・ペンネーム・住所・年齢・学年（職業）・電話番号・投稿暦・受賞暦を記入した紙を添付してください。

○応募方法

応募する封筒の表側には、あてさきのほかに「ルチル文庫 イラストレータ募集」係とはっきり書いてください。また封筒の裏側には、あなたの住所・氏名・年齢を明記してください。応募の受け付けは郵送のみになります。持ち込みはご遠慮ください。

○原稿返却について

作品の返却を希望する方は、応募封筒の表に「返却希望」と朱書きし、あなたの住所・氏名を明記して切手を貼った返信用封筒を同封してください。

○締め切り

特に設けておりません。随時募集しております。

○採用のお知らせ

採用の場合のみ、編集部よりご連絡いたします。選考についての電話でのお問い合わせはご遠慮ください。

あてさき

〒151-0051 東京都渋谷区千駄ヶ谷4-9-7 株式会社 幻冬舎コミックス
「ルチル文庫 イラストレーター募集」係